Georges Simenon

Quartier nègre

Gallimard

Georges Simenon naît à Liège le 13 février 1903. Après des études chez les jésuites, il devient, en 1919, apprenti pâtissier, puis commis de librairie, et enfin reporter et billettiste à *La Gazette de Liège*. Il publie en souscription son premier roman, *Au pont des Arches*, en 1921 et quitte Liège pour Paris. Il se marie en 1923 avec «Tigy» et fait paraître des contes et des nouvelles dans plusieurs journaux. *Le roman d'une dactylo*, son premier roman «populaire», paraît en 1924, sous un pseudonyme. Jusqu'en 1930, il publie contes, nouvelles, romans chez différents éditeurs.

En 1931, le commissaire Maigret commence ses enquêtes... On tourne les premiers films adaptés de l'œuvre de Georges Simenon. Il alterne romans, voyages et reportages, et quitte son éditeur Fayard pour les Éditions Gallimard où il rencontre André Gide.

Durant la guerre, il est responsable des réfugiés belges à La Rochelle et vit en Vendée. En 1945, il émigre aux États-Unis. Après avoir divorcé et s'être remarié avec Denyse Ouimet, il rentre en Europe et s'installe définitivement en Suisse.

La publication de ses œuvres complètes (72 volumes!) commence en 1967. Cinq ans plus tard, il annonce officiellement sa décision de ne plus écrire de romans.

Georges Simenon meurt à Lausanne en 1989.

I

— Je ne vois que des nègres, avait murmuré Germaine, alors que le navire manœuvrait encore et que, du haut du pont-promenade, elle voyait se rapprocher lentement un quai où attendaient deux rangs de dockers noirs.

Et son mari avait murmuré sans conviction :

— Évidemment!

Pourquoi évidemment, puisqu'ils étaient à l'entrée du canal de Panama, c'est-à-dire en Amérique Centrale? N'auraient-ils pas dû apercevoir des Indiens?

Il y avait deux heures de cela et ils avaient eu d'autres occasions d'étonnement. Ils étaient vêtus de toile blanche, tous les deux coiffés du casque colonial. Dupuche qui parlait l'anglais mieux que sa femme avait discuté avec un nègre qui, en échange de ses bagages, lui avait remis un bout de carton avec un numéro en grommelant :

— *Washington Hotel?*

— Yes! avait-il répliqué, stupéfait, car c'était là qu'il comptait descendre.

Ceux des passagers du *Ville-de-Verdun* qui continuaient le voyage jusqu'à Tahiti descendaient à terre en se bousculant, car le bateau n'escalait que trois heures avant de pénétrer dans le canal. On apostrophait les Dupuche.

— Vous restez longtemps à Cristobal?

— Notre bateau arrive dans deux jours...

— Bonne chance!...

Le soleil aidait à vous dépayser, et aussi l'uniforme des douaniers, des agents, des soldats américains qui gardaient le port et les rues voisines. Des nègres vous happaient au passage, pour vous entraîner dans leur auto, mais Germaine préféra une voiture attelée d'un cheval et surmontée d'un petit taud blanc d'où pendaient des glands de rideau.

— Tu n'as pas oublié tes clefs? Le maître d'hôtel n'a rien dit de son pourboire? Tiens! voilà madame Rocher...

Ils se penchaient pour dire au revoir à madame Rocher, qui rejoignait son mari aux Hébrides. Ils regardaient en tous sens, essayaient d'absorber le paysage.

— *Washington Hotel?* s'était enquis le cocher nègre.

Une belle avenue d'abord, ombragée de palmiers, bordée des somptueux bâtiments des compagnies de navigation.

— Il ne faudra pas oublier la poste...

Une rue large et ensoleillée, le long du chemin de fer. De grands magasins, des bazars et, sur chaque seuil, des Levantins raccrochant les touristes.

Enfin, au fond d'un parc planté de cocotiers, l'hôtel *Washington,* un perron, des colonnes, un hall immense et frais, des boys en blanc, un employé en jaquette à qui Dupuche s'adressa en anglais.

Leurs bagages étaient déjà arrivés et deux minutes plus tard, le couple s'agitait dans sa chambre, jetait un coup d'œil à la salle de bains, ouvrait fenêtres et placards.

Dupuche n'osait pas avouer à sa femme que l'appartement coûtait dix dollars par jour. Qu'importait d'ailleurs? Quelques dollars de plus ou de moins? Dans le hall, ils avaient aperçu des officiers supérieurs de l'armée américaine. La salle à manger était vaste et on apercevait dans le parc une piscine de marbre.

— Ce soir, nous prendrons un bain, décida Germaine. Maintenant, allons vite à la banque...

Dupuche laissa son veston à l'hôtel, car il faisait trop chaud. Le boy voulut appeler une voiture.

— Non! Nous irons à pied...

Ils voulaient voir la ville. Il était près de midi. Ils durent se tromper de chemin, car ils échouèrent presque aussitôt dans un quartier triste et sale où des maisons de bois bordaient des trottoirs encombrés de nègres. Le soleil tombait d'aplomb. Des femmes sommeillaient sur le pas des portes. Germaine trouva que cela sentait mauvais et regarda autour d'elle avec inquiétude.

— Tu devrais demander notre chemin...

Ils le trouvèrent après un quart d'heure, car ils aperçurent les bazars tenus par des Levantins, où des passagers du *Ville-de-Verdun* marchandaient des bibelots.

— Informe-toi de la banque, Jo.

— Je crois que c'est ici qu'on m'a recommandé d'acheter des complets blancs...

— La banque d'abord!

— Pardon, Monsieur... La *New York Chase Bank,* please?

— Deuxième bloc à gauche...

— Regarde, disait Dupuche en plongeant le regard dans l'ombre d'un café : ils ont du pernod d'avant-guerre! Nous viendrons en boire un en sortant de la banque...

La banque n'était qu'un comptoir, tenu par un seul employé à qui Dupuche tendit une lettre de crédit de vingt mille francs. L'autre ne la regarda même pas.

— Adressez-vous à l'agence de Panama.

Et Germaine, dont l'anglais était rudimentaire, commençait à s'inquiéter.

— Ici, nous ne faisons que le change des monnaies. Vous avez un train à deux heures, qui vous conduit à Panama en quarante-cinq minutes.

— Viens, Germaine...

— Qu'est-ce qu'il a dit?

— Nous allons à Panama, à l'autre bout du canal. Mais nous avons le temps de boire un pernod et de déjeuner.

Ils avaient un peu sommeil et le soleil les atteignait tous les deux dans le compartiment aux fauteuils de rotin. Des gens lisaient le journal américain. Les hommes portaient faux col et cravate et Dupuche était seul à n'avoir pas de veston et à se coiffer d'un casque.

A gauche, sans fin, défilait de la verdure grise et à droite, on apercevait parfois le canal de Panama où des bateaux gravitaient au ralenti.

— J'aimais mieux les Antilles, remarqua Germaine, car ils avaient passé deux jours à Fort-de-France.

Ici, c'était trop civilisé. Trop de soldats américains, de bungalows confortables, d'autos sur les routes.

— Tu n'as pas oublié ton portefeuille?

A Panama, ils se laissèrent embarquer dans une auto découverte que conduisait un métis espagnol.

— *New York Chase Bank!*...

13

Leurs impressions se chevauchaient. Ils traversaient des rues grouillantes, bordées de boutiques, puis des rues plus calmes à maisons de bois; enfin ils atteignaient un quartier à tramways, à immeubles de pierre, magasins de pianos, T.S.F. et garages.

L'auto s'arrêta sur une place ombragée de beaux arbres, devant une église de style espagnol et le chauffeur désigna, au coin, la banque américaine.

Dupuche s'adressa à un premier guichet, à un second, suivit un nègre jusqu'à un bureau où le directeur de l'agence le reçut et lui prit des mains sa lettre de crédit.

— Vous me donnerez la moitié en francs et la moitié en dollars...

Dupuche exhibait son passeport pour affirmer son identité. Le Yankee tournait les pages de la lettre de crédit, saisissait le téléphone, appelait un employé. Tous deux examinaient à nouveau le document en silence, le rapprochaient d'un câblogramme étalé sur le bureau.

— Je regrette... prononça enfin le directeur en rendant la lettre à Dupuche.

— Vous ne pouvez pas me payer aujourd'hui?

— Je ne peux pas payer du tout. La *Société Anonyme des Mines de l'Équateur* a fait faillite.

Notre agence de Paris me câble qu'il n'y a pas de provision...

— Vous devez faire erreur! s'écria d'abord Dupuche. Ce n'est pas possible! Cette lettre de crédit a été établie il y a un mois à peine, par l'administrateur lui-même, M. Grenier. Je suis l'ingénieur principal de la *S.A.M.E.,* et je me rends là-bas pour prendre la direction des travaux...

— Je regrette...

— Écoutez!... Il faut câbler à Paris... Il y a certainement un malentendu...

Il ruisselait de sueur et ses jambes étaient devenues molles. Germaine demandait :

— Il dit qu'il ne paiera pas?

Et Dupuche lui fit signe de se taire.

— Comprenez-moi... La société m'a remis dix mille francs pour payer mon voyage jusqu'ici... Je m'embarque après-demain sur le *Santa-Clara,* de la *Grace Line,* pour gagner Guayaquil... Il me faut ces vingt mille francs, sinon...

— *Am sorry...*

« Je m'excuse », répétait l'Américain en ouvrant la porte du bureau.

— Un instant encore! Combien de temps faut-il pour envoyer une dépêche à Paris et recevoir une réponse?

— Deux jours.

Ils se retrouvèrent sur le trottoir et leur chauffeur les happa au passage.

— Tour de la ville?

Dupuche avait le vertige.

— Que comptes-tu faire? questionnait Germaine, les sourcils froncés.

— Voir notre ambassadeur ou notre ministre... Il y a bien un ministre de France à Panama...

— Oui, Monsieur, affirma le métis qui avait entendu.

Il les déposa sur une place déserte où s'élevait un joli bâtiment tout fleuri. Germaine resta dans l'auto. Dupuche sonna, fut reçu par un mulâtre et introduit dans un bureau dont la table était encombrée de vieilles revues. Il attendit un quart d'heure, car le ministre faisait la sieste et se présenta enfin en manches de chemise.

— Qu'est-ce qu'il a dit?

— De câbler si j'y tiens. Mais il prétend que les banques américaines ne se trompent jamais.

Le chauffeur attendait une adresse.

— Qu'allons-nous faire?

— Envoyer un câblogramme quand même!

Il en oubliait de remettre son casque qu'il avait enlevé pour s'éponger. Le pernod qu'il avait bu sans sucre, lui barbouillait l'estomac.

« *S.A.M.E., Paris.*
« *Prière faire nécessaire toute urgence pour*

paiement lettre crédit stop bateau part demain stop
prochain bateau dans un mois.

« *Dupuche.* »

C'était onze francs le mot et Dupuche se hâta
de repousser dans sa poche le portefeuille où il
restait à peine douze cents francs.

Le chauffeur attendait toujours, placide, et
Germaine n'avait pas quitté le fond de la voiture.

— Marchons un peu, pour pouvoir causer...

Ils réglèrent la course et se trouvèrent sur le
trottoir d'une rue commerçante.

— Qu'est-ce que tu décides?

— Je ne sais pas... Je n'y comprends rien...
Ils ne se rendaient même plus compte qu'ils
étaient à Panama, que les maisons étaient en
bois, que les passants, autour d'eux, parlaient
l'espagnol ou l'anglais. Ils marchaient sans rien
voir, la tête vide et sonore.

— Combien te reste-t-il?

— Moins de douze cents francs... Mais ce n'est
pas possible! Grenier va répondre...

Il les avait invités tous les deux à déjeuner, le
lendemain de leur mariage, dans un restaurant
luxueux de l'avenue des Champs-Élysées. C'était
un chic type. Ses bureaux étaient rue de Berri,
dans un building neuf.

— Vous êtes satisfaite du voyage de noces que
je vous offre, petite Madame? avait-il demandé à
Germaine.

17

Et il lui avait offert des fleurs.

— Nos bagages sont restés à Cristobal! remarqua-t-elle.

Il se souvenait des dix dollars par jour pour la chambre, au *Washington*.

— Nous téléphonerons qu'on les fasse suivre ici! Il doit exister des hôtels meilleur marché...

Dans son désarroi, il marchait devant lui sans savoir où il allait et se trouva soudain dans un quartier qui ressemblait au quartier nègre de Cristobal, mais en plus vaste, en plus sombre.

— Par où sommes-nous venus? demanda-t-il à sa femme.

— Je ne sais plus... Tu n'as pas regardé?

A perte de vue, il n'y avait que des maisons de bois à un étage, avec une véranda au premier, du linge séchant aux fenêtres, des boutiques délabrées et des ruelles larges à peine d'un mètre entre les maisons. Aux étalages s'entassaient des victuailles inconnues et d'étranges odeurs flottaient dans l'air. Des nègres passaient, en chaussures à tige ou en espadrilles, regardaient les étrangers dans les yeux, Germaine surtout, qui baissait la tête.

— Allons ailleurs!

— Je veux bien, moi... Mais pour où?

Et ils s'enfonçaient davantage dans ce quartier qui était une vraie ville. Les rues devenaient plus étroites, les nègres plus nombreux sur les trottoirs.

Ils étaient à bout de forces. La chemise de Dupuche lui collait au dos. Il n'avait même pas pris son veston avec lui. Tout à coup, il y eut un glissement derrière eux, un bruit de freins et ils aperçurent leur chauffeur qui arrêtait sa voiture et qui les regardait en souriant. Il parlait français avec un léger accent espagnol.

— Il ne faut pas vous promener par ici... Voulez-vous que je vous conduise dans un bon hôtel? Il existe un hôtel français...

— Oui! Dans un hôtel français... soupira Dupuche déjà soulagé.

Il s'expliquerait. On tirerait les choses au clair. L'auto traversa un quartier aussi inattendu que les autres, semé de villas modernes et de jardins.

— Le coin des légations et des consulats, expliqua le chauffeur.

Enfin, on revint à la place ombragée, en face de l'église, et la voiture stoppa devant une grande façade blanche où on lisait en lettres dorées : *Hôtel de la Cathédrale.*

— Vous n'avez pas de bagages à prendre à la gare?

— Merci...

— Si vous voulez faire les promenades en auto, demandez Pedro... Tout le monde me connaît.

Dupuche parvint à esquisser un sourire de remerciement.

Il parlait très vite. Cette femme en noir, cette petite vieille qui ressemblait à une caissière d'hôtel de province, l'impressionnait.

— Vous comprenez?... Nous embarquons sur le *Santa-Clara*, après-demain... Nos bagages sont restés au *Washington Hotel*, à Cristobal... Nous attendons un câble...

— Vous voulez que je fasse suivre vos bagages ici?

Et la petite vieille décrochait le téléphone, appelait le *Washington*, prononçait quelques mots en anglais.

— Vous les aurez à huit heures...

Elle héla un boy nègre en complet amidonné.

— Au 67... dit-elle en lui tendant une clef.

Elle ne s'était pas étonnée qu'ils fussent français. Elle ne les avait même pas regardés. Cela lui était égal. Et ils suivaient le boy sans mot dire, découvraient une étrange architecture, une sorte de cour intérieure recouverte d'une verrière. Tout autour, à chaque étage, courait une galerie où s'alignaient les portes des chambres.

Ils prirent un ascenseur. On les fit entrer dans une vaste chambre que les persiennes closes rendaient obscure et le boy s'en alla.

C'était tout! Ils restaient en tête à tête. Ils

observaient la chambre, le divan, les deux lits jumeaux en cuivre, la salle de bains...

— Combien est-ce? questionna Germaine.

— Je ne sais pas.

Il n'avait pas osé le demander. Pour faire quelque chose, il ouvrit les persiennes et le soleil les inonda. Devant eux, la place s'étalait, ombragée par de hauts arbres qui ressemblaient à des eucalyptus. Et sur les bancs, dans l'ombre, des gens étaient assis, coiffés de chapeaux de paille, lisant le journal ou regardant mollement les jeux paresseux de la lumière.

— Il n'a pas pu faire faillite en si peu de temps...

Dupuche pensait à Grenier, qui lui avait signé un contrat de cinq ans avec le titre d'ingénieur-directeur de la *S.A.M.E.* Il devait lui remettre cinquante mille francs pour le déplacement et les premiers frais, mais au dernier moment, il n'en avait versé que dix mille en disant :

— Vous toucherez cette lettre de crédit à Panama et cette autre à Guayaquil...

— Si je télégraphiais à Guayaquil? fit soudain Dupuche. Peut-être, là-bas, y a-t-il provision?

— Il ne te restera pas grand-chose de tes douze cents francs!

C'était vrai! Il valait mieux attendre. Germaine était étendue sur le lit et avait laissé tomber ses chaussures. Il s'impatienta de la voir immobile.

— Non! Ne restons pas ici... Il vaut mieux remuer, voir du monde.

— Je suis fatiguée... Descends seul...

Elle avait son visage terni des premiers jours de la traversée, quand elle souffrait du mal de mer mais qu'elle refusait de l'avouer. C'était son premier voyage en dehors des allers et retours d'Amiens à Paris.

Dupuche lui frôla le front de ses lèvres, sans tendresse, car il était trop préoccupé, descendit l'escalier et erra un moment dans le hall.

— Vous cherchez le bar? s'enquit un homme de soixante à soixante-cinq ans qui se tenait près du bureau.

Il était vêtu de blanc, comme tout le monde, et portait un faux col en celluloïd et une cravate noire.

— Voulez-vous remplir votre fiche?

Il resta derrière Dupuche, à lire ce qu'il écrivait.

— J'aurais parié que vous étiez du Nord. Je vous ai entendu parler à madame Colombani, tout à l'heure, et j'ai reconnu l'accent. Ah! Amiens... J'ai eu des amis là-bas, dans les laines...

L'homme sécha l'encre d'un coup de buvard.

— Vous prenez quelque chose?

Il n'y avait qu'une porte à pousser et on pénétrait dans un café aussi vaste que vide, où un gamin s'agenouilla devant Dupuche pour cirer ses chaussures.

— Qu'est-ce que vous buvez?

— Je ne sais pas... Un pernod...

Son interlocuteur commanda un bock mélangé de limonade.

— Vous comptez rester longtemps à Panama?

— Je pars après-demain pour rejoindre mon poste... Je suis le nouveau directeur des Mines de l'Équateur... L'ancien ingénieur a fait des bêtises et Grenier, à Paris, m'a demandé de prendre sa place...

Le décalage fut très rapide, peut-être à cause de la chaleur. Dupuche, qui n'avait pas l'habitude de boire, vit des stries de soleil devant ses yeux et le visage de son compagnon prit des proportions étonnantes. C'était un curieux visage, mince et ridé, troué de tout petits yeux fatigués qui, pourtant, vous scrutaient avec une insistance gênante.

— Vous emmenez votre femme?

— Je me suis marié trois jours avant le départ... Nous étions fiancés depuis deux ans, autant dire depuis toujours, car nous sommes nés dans la même rue... Vous connaissez Amiens?

— J'y suis passé jadis...

— Ma femme était employée aux téléphones... Ses parents ne voulaient pas la laisser partir si loin... Grenier a dû leur écrire lui-même — Grenier, c'est mon administrateur — et affirmer

23

que le climat de l'Équateur est fort sain... Vous connaissez l'Équateur?

— Très bien...

— Guayaquil?

— J'y ai vécu cinq ans.

Dupuche avait besoin de parler et il fit signe au barman nègre de remplir son verre. D'un geste négligent, il jeta de la monnaie au gamin qui avait ciré ses chaussures, mais son compagnon le rappela, reprit la moitié de l'argent.

— Il ne faut pas les gâter. Quinze cents, c'est plus qu'assez...

Qu'allait-il encore raconter?

— Nous étions descendus au *Washington,* à Cristobal...

— Je connais. C'est trop cher.

— Nous sommes venus ici en touristes et nous avons préféré y rester. Nos bagages arriveront...

— A huit heures, précisa l'homme.

Il était calme, trop calme. Il économisait ses gestes et il parlait bas, sans fatigue.

— Vous êtes venus par le *Ville-de-Verdun?* Il sera ici dans une heure. Vous rencontrerez vos compagnons de traversée, car ils passent presque tous ici.

Dupuche avait mal à la tête.

— Il y a beaucoup de Français à Panama?

— D'abord le patron et ses fils... Ce sont des Corses. Puis les Monti, qui tiennent un café dans le quartier nègre et la buvette du champ de courses... A Cristobal, il en existe quelques autres qui ne valent pas lourd.

— C'est vrai qu'on rencontre des échappés du bagne?

— Deux ou trois, mais ils sont bien tranquilles... Votre femme est couchée?

— Oui... Elle se repose...

Dupuche n'avait pas le courage de se lever et, comme son compagnon le quittait un instant pour gagner le bureau, il se sentit terriblement seul et il guetta son retour avec une véritable angoisse.

— Vous habitez le pays depuis longtemps? put-il enfin demander.

— Voilà quarante ans que je suis en Amérique du Sud.

— Qu'est-ce que vous prenez?

— Rien! Plus on boit et plus on a chaud...

Dupuche, en effet, suait d'abondance, mais il avait encore soif, et après avoir hésité, il commanda un nouveau pernod, éprouva le besoin de s'en excuser.

— En France, c'est interdit... Vous comprenez? Alors, cela fait tellement plaisir...

Il n'avait pas encore pensé à envoyer une carte postale à sa mère, comme il le lui avait promis. Depuis qu'il était assis dans ce café avec son compagnon inconnu, la ville lui semblait moins inhospitalière. Déjà il s'était habitué à ce que la cathédrale, qu'il avait devant lui, fût en bois et non en pierre. Il trouvait naturel aussi que le barman fût nègre, que ses propres vêtements fussent en toile blanche.

Et il avait de la peine, au contraire, à se dire que trois semaines seulement le séparaient de son mariage, à l'église Saint-Jean d'Amiens. La *Gazette d'Amiens* avait écrit le lendemain :

« ... *Notre éminent compatriote Joseph Dupuche qui, après avoir brillamment passé ses examens d'ingénieur, s'en va en Amérique défendre les couleurs de la France et...*

« ... *A lui et à sa vaillante jeune femme nous souhaitons...* »

Madame Dupuche était venue à la gare avec une amie, pour ne pas se sentir si seule après le départ du train. Elle avait apporté un gâteau et, comme ils n'avaient pas faim, Germaine l'avait jeté par la portière.

— Pauvre maman !...

Quant au père de Germaine, il avait recommandé :

— Surtout, prenez chaque jour votre quinine...

Il était employé des postes, lui, et il avait fait entrer sa fille dans l'administration des téléphones. A son gendre qu'il entraînait à l'écart, il avait murmuré, l'air tragique :

— Surtout, pas d'enfant là-bas, hein ! Au retour, il sera bien temps...

... Le déjeuner de Paris avec Grenier... Le train de Marseille... Le *Ville-de-Verdun*... L'administrateur des Marquises, à bord, qui était tout de suite devenu un ami, malgré son grade...

— Je croyais la *S.A.M.E.* en mauvaise posture..., soupira le compagnon de Dupuche. Vous êtes le quatrième directeur qu'ils envoient en dix ans...

— Ah! Vous connaissez la société?

— Je suis au courant de tout ce qui se passe en Amérique.

« Tenez! Nous avons ici le fils d'un gros planteur de cacao qui gagnait cinq millions par an — des millions-or — avant la guerre... Maintenant, il n'a même pas de quoi prendre le bateau!

Dupuche vit passer son chauffeur avec trois passagers du *Ville-de-Verdun* qui visitaient la ville et qui s'arrêtaient pour photographier la cathédrale.

Déjà l'ingénieur ne s'intéressait plus à eux, car ils continuaient, ils ne restaient pas à Panama!

— La vie est chère, ici?

— Pas plus chère qu'à Cristobal... Moins chère, certes, qu'à l'*Hôtel Washington*... On vous fera sans doute la pension à quinze dollars par jour pour les deux... Tsé-Tsé [1] vous dira ça quand il rentrera...

1. Diminutif de François, en Corse (N.D.E.).

— Quinze dollars... répéta Dupuche comme si c'eût été tout naturel.

Il lui en restait quatre-vingts en poche! Deux hommes entraient.

— Les Monti, dont je vous ai parlé...

Ils s'assirent à leur table.

— Un ingénieur d'Amiens, M. Dupuche...

— Enchanté! Qu'est-ce que vous prenez?

C'était calme et moelleux comme un café de province.

— Picon-grenadine...

— Deux!

— Vous avez voyagé sur le *Ville-de-Verdun?* Le commissaire est un ami...

Dès lors, le trouble s'accentua. Dupuche but encore quelque chose. Puis il parla. Il dut raconter le déjeuner avec Grenier et montrer le contrat qui lui reconnaissait un traitement de huit mille francs par mois, plus un pourcentage sur les bénéfices. Les autres étaient intéressés, mais pas trop.

— C'est la société qui change toujours de directeur? dit un des Monti.

Ils connaissaient tout, ces gens-là! Ils parlaient de Guayaquil comme de la banlieue, puis ils discutaient aussi placidement du Pérou, du Chili, de Bogota, d'autres villes que Dupuche ne connaissait même pas.

Ils s'entretenaient par surcroît de choses mystérieuses.

— Louis a des nouvelles de Belgique.

— Eh bien?

— Elle ne veut pas venir... Il enrage...

Il restait là, parmi eux, l'œil vague, la tête lourde et on lui offrit certainement un cigare, car il en avait un aux lèvres quand il regagna sa chambre. Germaine dormait, les cheveux défaits, le visage luisant, sa robe était remontée au-dessus des genoux, découvrant des jambes assez fortes, des attaches solides.

Il se laissa tomber à côté d'elle, ce qui la réveilla.

— Tu as des nouvelles? questionna-t-elle.

— Quelles nouvelles?

Elle fronça les sourcils, remarqua :

— Tu sens l'alcool!

— Mais non... Laisse-moi dormir...

— Où es-tu allé?

— Nulle part... En bas...

Il sentit qu'elle lui prenait son portefeuille, comptait les billets.

— Tu as bu, n'est-ce pas?

— Un pernod... Avec un chic type, qui pourra nous être utile...

Sa voix butait sur les syllabes. Il ne pouvait plus soulever les paupières.

— ... Guayaquil... Bogota... Buenaventura... Grand Louis...

Il eut conscience qu'on frappait à la porte,

qu'on faisait beaucoup de bruit en poussant les malles dans la chambre.

Germaine lui soufflait à l'oreille :

— ... Jo... Écoute... Éveille-toi un moment... Combien faut-il donner de pourboire?...

— Sais pas...

Il dormait toujours, la langue pâteuse, puis soudain il se dressa sur son séant, vit la chambre dans l'obscurité, des lumières au-delà de la fenêtre, entendit des flonflons de musique militaire.

— Germaine! appela-t-il. Germaine...

Et, plus fort, avec anxiété :

— Germaine!

— Eh bien, quoi?

Elle jaillissait d'un fauteuil d'osier installé sur le balcon.

— Tu n'es plus saoul? demanda-t-elle sévèrement.

Il se leva, fit quelques pas, vit que le kiosque était illuminé, sur la place, tandis que la foule se promenait lentement tout autour. Il faisait plus frais. Les arbres dégageaient une odeur particulière.

— Quelle heure est-il?

— Dix heures...

— Tu n'as pas dîné?

Il vit les malles autour de lui.

— Ah bon!... on les a apportées...

Hébété, il ne savait que faire, que dire.

— Il faut pourtant que nous mangions...

— Je n'ai pas faim...

C'était la première fois qu'il était ivre depuis des mois et il n'aurait pas pu dire comment cela s'était fait. Il sentait que sa femme lui en voulait. Il avait honte.

— Je te demande pardon... J'étais nerveux... On m'a offert à boire...

— Laisse-moi tranquille.

— Germaine... Je t'assure...

— Tais-toi!... Si tu t'étais entendu ronfler...

— Je te jure que je n'en peux rien...

— Encore une fois, je te demande de me laisser tranquille!...

Alors, sans savoir pourquoi, il éclata. Il n'y avait pas de lumière dans la chambre. Seules les lampes du dehors éclairaient vaguement le visage de sa femme. Et celle-ci lui apparaissait presque comme une ennemie.

— C'est ça!... Te laisser tranquille!... Et tant pis si l'argent ne vient pas!... Tant pis si j'ai toutes les responsabilités, tous les soucis!... Parce que j'ai eu le malheur de boire un verre...

Elle alla se rasseoir sur le balcon, sans l'écouter.

— Germaine! Viens ici...

Elle ne bougea pas.

— Germaine! Encore une fois, je te prie...

— Zut!...

Il cria, il hurla des choses idiotes, qu'il était

malheureux, qu'elle ne le comprenait pas, qu'elle aurait mieux fait de rester aux téléphones, qu'elle était incapable de l'aider...

Puis il donna, de rage, un coup de poing dans le mur et presque aussitôt il se mit à pleurer.

Son ivresse ne devait pas être dissipée. Il se retrouva dans son lit. Germaine ne dormait pas. Couchée à côté de lui, elle se tenait sur un coude et le regardait d'un air grave.

Comment devina-t-elle qu'il avait soif?

— Bois... dit-elle en lui tendant un verre d'eau.

Mais il eut l'impression que son visage était sans tendresse.

— Tu ne m'aimes plus?

— Bois!... Nous parlerons de cela demain...

Il préféra se rendormir, sans oublier que le lendemain, dès le réveil, des explications désagréables l'attendraient.

— Elle ne m'aime pas!... Elle ne me comprend pas...

Et la lettre de crédit? Il rêva qu'on l'emmenait en prison, une prison qui était la cathédrale en bois, et ses gardiens portaient le même uniforme que les soldats du kiosque.

On frappa à la porte. Il faisait jour. Un boy entra, un plateau à la main.

— Une signature, murmura-t-il.

Sur le plateau, il y avait un télégramme. Dupuche le lut, reconnut les termes du câble adressé à Grenier, retourna le papier et finit par dénicher les mots :

« *Parti sans laisser d'adresse...* »

Quand le boy eut disparu, Germaine sortit des draps où elle s'était cachée.

— Alors, les vingt mille francs?

Il répondit simplement :

— Non!

Et ils regardaient tous deux le balcon où un fauteuil d'osier éclatait de lumière. Des tramways contournaient la place, s'arrêtaient devant la cathédrale et repartaient avec fracas. Il faisait déjà chaud.

II

On aurait dit à Dupuche qu'il rêvait, qu'il
aurait répondu :

— Parbleu! Je le savais...

Et pourtant il ne rêvait pas. Il était debout sur
le trottoir, près de l'auto des frères Monti, —
Eugène et Fernand — au fait, il ne savait pas
encore si Eugène était le plus grand, aux cheveux
gris, ou bien le petit dont la main droite était
paralysée à la suite d'une blessure de guerre.

Le soleil déclinait et d'un côté de la rue les
maisons de bois étaient presque rouges, tandis
que de l'autre elles restaient d'un gris cendré.

— Le lit d'abord... Hisse!...

Les Monti ne s'occupaient pas de lui. Ils
déchargeaient l'auto qui les avait amenés et sur
le toit de laquelle ils avaient ficelé un lit et une
table.

— Viens ici, toi! cria l'un d'eux à un nègre qui
les regardait faire... Porte cette table au premier
étage...

Dupuche avait encore bu. Il n'était pas ivre, mais ses impressions manquaient de netteté. Il voyait au-dessus de la porte un écriteau annonçant : *Émile Bonaventure — Tailleur d'habits.*

Il traversa le magasin, c'est-à-dire une pièce qui sentait le tissu et le piment et où un mannequin déshabillé était dressé dans un coin. Un grand nègre vêtu de noir, au nez chaussé de lunettes d'acier, le regarda passer sans mot dire.

Dupuche gravit l'escalier. Un des frères Monti cria :

— Par ici !...

Alors il se trouva dans une chambre tapissée d'un papier à fleurs roses.

— Voilà, à demain...

Les frères lui serraient la main et s'en allaient. Il n'y avait même pas de chaise et Dupuche dut s'asseoir sur le lit de fer.

Quand il s'était éveillé le premier matin à l'*Hôtel de la Cathédrale,* un nom lui était revenu à la mémoire sans qu'il pût déterminer à quel visage ce nom se rapportait : M. Philippe.

Au cours de la journée seulement il avait appris que M. Philippe était ce vieux monsieur calme et froid qui l'avait reçu à l'hôtel et qui connaissait si bien l'Amérique du Sud.

Maintenant, il en savait beaucoup plus. On lui

avait raconté la vie de M. Philippe, qui avait été longtemps l'agent général de la *French Line* en Amérique et qui, soudain, avait perdu des millions dans des spéculations malheureuses.

Tsé-Tsé l'avait recueilli dans son hôtel, où il remplissait les fonctions de gérant.

N'était-il pas curieux d'entendre tout le monde appeler Tsé-Tsé le riche propriétaire et dire respectueusement Monsieur Philippe au gérant? Il y avait d'autres personnages encore qui s'agitaient en désordre et que Dupuche aurait bien voulu fixer une fois pour toutes. Mais il était fatigué et il se traîna vers la véranda, qui courait tout le long de la façade, se trouva nez à nez avec une vieille négresse occupée à éplucher des pommes de terre.

Évidemment! il y avait trois chambres au premier, la véranda servait pour les trois chambres comme une cour sert à tous les locataires d'un immeuble. Un drôle d'immeuble, et une histoire non moins drôle, car enfin, c'est à peine s'il aurait pu dire comment il venait d'échouer dans une maison du quartier nègre!

En somme, on ne lui avait pas demandé son avis. On l'avait déposé là comme on venait d'y déposer un lit et une table et il ne savait même pas par où aller pour se rendre en ville.

Il est vrai qu'il entendait quelque part le bruit du tramway et il pensa qu'il n'aurait qu'à se diriger de ce côté.

Les rues n'étaient pas pavées et il y avait des trous de cinquante centimètres de profondeur. On ne voyait que des gens de couleur qui vivaient dehors, assis sur les seuils ou sur des chaises adossées aux maisons.

A quoi Dupuche pensait-il, au fait? Ah! oui, à Tsé-Tsé... C'était toujours le premier matin, en se levant. Il avait annoncé à Germaine :

— Il faut que j'avertisse le propriétaire...

Et il était descendu, s'était adressé à la vieille dame de la caisse.

— Je voudrais parler au patron, Madame.

— Attendez un moment dans le hall... Mon mari va descendre...

Il l'avait vu arriver... Un petit homme râblé, aux jambes courtes, à la grosse tête, aux traits épais et aux sourcils broussailleux. Il avait au moins soixante-cinq ans.

— Vous désirez me parler?

C'était un Corse, cela s'entendait aussitôt. Il examinait Dupuche des pieds à la tête, lui désignait la salle du café.

— Nous serons mieux là... C'est vous qui êtes arrivé avec une jeune femme?

— Avec ma femme...

— C'est la même chose.

Le barman était déjà à son poste, ainsi que le petit cireur de chaussures à qui le patron lança :

— Va jouer!

— Voilà... Je suis directeur de la *S.A.M.E.*

— Qui est en faillite, précisa le Corse.

— Comment le savez-vous?

— Parce que j'ai des amis à Guayaquil.

— Moi, je l'ignorais... J'allais là-bas pour prendre mon poste... On devait me payer à Panama une lettre de crédit de vingt mille francs...

— Oui...

— Comment, oui?

— Rien, continuez... Fais marcher les ventilateurs, Bob!

Il n'avait pas l'air de s'occuper de Dupuche. Il regardait dehors, appelait un boy pour lui donner un ordre.

— Continuez...

— J'ai préféré vous avouer honnêtement que je n'ai plus d'argent et que...

— Tu n'as pas vu les Monti? demanda le patron au barman.

— M. Eugène est chez le coiffeur...

— Bon... Restez là, monsieur... monsieur comment?

— Dupuche...

— Veuillez m'attendre quelques minutes... Prenez quelque chose...

Dupuche avait encore bu un pernod, sans savoir lui-même pourquoi.

Il y avait déjà deux jours de cela et maintenant il en savait davantage. Il savait par
exemple que François Colombani, qu'on appelait
plus familièrement Tsé-Tsé, était arrivé sans un
sou en Amérique du Sud et qu'il possédait
maintenant tout l'hôtel. En plus, c'était à lui la
maison de vins en gros que son fils aîné Gaston
tenait à Cristobal, à l'autre bout du canal.

Il était intéressé à d'autres affaires, des affaires
d'autos, de parfums et même à des pêcheries de
perles.

Dupuche avait vu passer Germaine sur le
trottoir. Il l'avait rejointe.

— Promène-toi encore quelques minutes... On
m'a dit d'attendre un moment...

Et pendant le conseil qui s'était tenu ensuite, il
avait pu la voir qui errait sur la place et
s'asseyait parfois sur un banc.

Car c'était un vrai conseil qui avait eu lieu. Les
Monti étaient arrivés, l'un sentant encore le
coiffeur; puis Tsé-Tsé était venu se rasseoir en
compagnie de M. Philippe qui ne disait rien.

— Voilà, prononçait Tsé-Tsé... Ce monsieur
est embarrassé, car il n'a pas d'argent... C'est un
ingénieur et un compatriote...

Les autres regardaient Dupuche pour se rendre
compte de ce qu'il valait.

— Vous ne voulez pas retourner en France?

demanda le plus grand des Monti — ce devait être Eugène.

— Je n'ai pas de quoi payer nos passages...

— Et vous ne pouvez pas écrire à votre famille?

Le ventilateur ronflait au-dessus des têtes. Le barman lavait les verres, essuyait les bouteilles. Dehors, le soleil incendiait le trottoir où rôdait le cireur de souliers.

— Je n'ai que ma mère et c'est plutôt moi qui dois l'aider à vivre...

— Et votre femme?

— Son père a une bonne place dans les postes, mais je ne peux pas lui demander une telle somme... Vous devez comprendre...

M. Philippe regardait ailleurs. Tsé-Tsé se taillait les ongles avec la lame d'un canif réclame.

— J'aimerais mieux trouver une place ici en attendant... S'il existe des mines dans le pays...

— Il y a des mines d'or, mais elles sont anglaises...

— Tu t'occupes de lui? demanda Tsé-Tsé à Eugène Monti.

— Je vais voir ce qu'on peut faire.

Et les deux hommes allèrent parler bas dans un coin, tandis que Dupuche parlait d'abondance au Monti mutilé de guerre, lui expliquait ce que sa situation avait de délicat et...

Dupuche et sa femme déjeunèrent dans la grande salle à manger et ils n'osaient pas commander à boire, car ils n'avaient pas d'argent.

Tsé-Tsé et sa femme mangeaient dans un coin, comme deux bons petits vieux.

— Qu'est-ce qu'ils ont dit? demandait Germaine.

— Monti vient me prendre à trois heures avec son auto...

— Pour quoi faire?

— Je ne sais pas...

C'était vrai. Ces gens-là parlaient peu et il hésitait à les questionner. Sans compter qu'il ne savait pas au juste qui ils étaient ni ce qu'ils faisaient dans la vie.

Germaine prenait un petit air dédaigneux comme si, à sa place, elle se fût déjà débrouillée.

— Tu ne leur as rien demandé?

Son père était comme cela aussi; « moi à votre place, j'aurais exigé de Grenier... ».

Mais Dupuche aurait bien voulu le voir en face de son supérieur hiérarchique!

— Je ne leur ai rien demandé, non! C'est déjà bien beau qu'ils se dérangent!

Monti fut exact au rendez-vous en effet et Dupuche monta dans sa voiture.

— Nous allons voir un ami qui pourra peut-être faire quelque chose...

41

Cinq minutes plus tard, ils entraient dans un immense bazar, et la plupart des vendeuses saluaient Monti, qui se dirigeait vers un bureau, au premier étage. Dans ce bureau était assis un jeune Juif syrien qui les fit asseoir après leur avoir serré la main.

— Comment vas-tu?

— Pas mal... Je te présente un ingénieur, un Français, qui a des ennuis... Il est ici avec sa femme et ils n'ont plus le sou...

Le jeune Juif aux cheveux épais ne regarda même pas Dupuche.

— Tu en as parlé à John?

— Pas encore. Je me demandais si toi...

— Tu sais ce qui se passe... J'ai encore renvoyé du monde la semaine dernière...

— Et sa femme? Tu ne pourrais pas l'employer? Elle était aux Téléphones, en France...

Il n'y avait rien à faire, qu'aller voir John.

— Tu chasses, dimanche?

— Et toi? Christian veut nous emmener pêcher l'espadon avec son bateau...

Dupuche suivait, écoutait, se raccrochait à son compagnon. Ils retrouvèrent la voiture au bord du trottoir et roulèrent pendant quelques minutes, s'arrêtèrent devant un garage.

— John est ici?

— Il est au bar, en face...

Un bar italien, une salle longue et étroite où l'on vendait des jambons de Parme, des salamis et des pâtes. Un grand jeune homme blond serra la main de Monti et celle de Dupuche par la même occasion.

— Tu n'as pas du boulot pour mon camarade, qui arrive de France et qui est ingénieur?

John était américain.

— Tu sais bien que non, mon vieux... Voilà un mois que je n'ai pas vendu une auto...

— Et au Canal, par tes amis?

— Ils n'ont pas le droit d'employer des étrangers...

Accoudé à la balustrade du balcon, Dupuche fronçait les sourcils et se répétait :

— *Pat... Pat...*

Il avait ce nom en tête mais il cherchait où il avait bien pu l'entendre.

Ils avaient bu un whisky avec John.

— On va passer chez mon frère... avait annoncé Eugène Monti.

Et l'auto s'était engagée dans le quartier nègre, avait stoppé à un coin de rue, devant un café assez sombre.

Fernand était là, à faire une belote avec Christian, le fils de Tsé-Tsé.

— Qu'est-ce que vous prenez?

Christian avait vingt-cinq ans et, comme il était le fils de la troisième femme de Colombani, celle qui tenait la caisse, on disait qu'il hériterait de toute la fortune.

— Vous jouez à la belote?

— Non... Je n'ai jamais appris... Au bridge, un peu...

Les Monti avaient chuchoté dans un coin, puis ils avaient fait une belote à trois, avec Christian, tandis que Dupuche regardait.

— On va chercher ailleurs... soupira enfin Eugène.

En passant, il désigna tout un bloc de maisons en bois et annonça :

— C'est à moi... Au temps où on travaillait au Canal, chaque maison rapportait plusieurs milliers de francs par an. Maintenant, les nègres ne paient pas...

On enfila une rue en pente et on s'arrêta devant une vaste brasserie où de jeunes crocodiles flottaient sur l'eau des fontaines.

Maintenant, Dupuche se souvenait de Pat. Eugène avait fait appeler le gérant et avait expliqué à son compagnon :

— Vous allez le voir... C'est le mari de Pat Paterson, la fameuse aviatrice américaine qui a traversé l'Atlantique tout de suite après Lindbergh...

Un grand type maigre et lugubre.

— Ça va, Paterson?

— Très mal. On a fait cette semaine trente mille de moins que l'an dernier à la même époque...

— Tu ne connais rien pour mon ami, « qui est ingénieur et qui arrive de France »?

Et partout on buvait un verre, de la bière, du whisky ou du pernod. Qu'est-ce que Dupuche avait encore vu? On avait traversé un quartier aux rues étroites, avec une femme blanche ou noire sur chaque seuil.

— *Barillo-Rojo,* c'est-à-dire le quartier rouge... expliquait Monti qui tenait le volant. Vous comprenez?

Quand ils rentrèrent à l'hôtel, Tsé-Tsé était dans le hall et Germaine bavardait avec la vieille dame à une table où toutes deux prenaient le thé.

— J'ai un mot à vous dire, fit le Corse qui semblait penser à autre chose.

Trois ou quatre fois il devait interrompre la conversation soit qu'on l'appelât au téléphone, soit qu'il eût à parler à un client qui entrait ou sortait.

— J'ai eu une conversation avec votre femme... Elle est très bien... Je lui ai proposé de remplacer madame Colombani à la caisse une partie de la journée et elle a accepté...

45

Dupuche était abruti. Il jeta un coup d'œil du côté de Germaine qui ne s'occupait pas de lui.

— Je lui offre le vivre, le coucher et trente dollars par mois.

Dupuche eut l'impression que le vieux adressait un clin d'œil à Monti.

— Je ne veux pas de ménage dans mon personnel... Je sais par expérience ce que cela donne... Vous n'avez qu'à vous loger ailleurs et vous trouverez bien quelque chose à faire de votre côté.

C'est alors qu'une fois de plus Eugène et l'hôtelier avaient eu un *a parte*. Quand Eugène était revenu, il avait déclaré :

— Je vous donne une chambre, gratuitement, dans une de mes maisons. On y mettra un lit et une table... on finira bien par vous trouver du travail...

Germaine n'avait même pas pleuré. Elle avait simplement dit en se couchant :

— Tu as encore bu...

— Je t'assure...

— Oh! tu n'es pas ivre-mort comme hier, mais tu as bu... Qu'est-ce que ce sera quand je ne serai pas avec toi.

— Je te jure, Germaine...

Mais il était trop fatigué pour discuter longtemps, fatigué jusqu'à l'écœurement, et le matin il ne s'était réveillé qu'à moitié en entendant sa femme qui s'habillait.

N'était-ce pas elle qui aurait dû trouver quelque chose de gentil à lui dire? Mais non! Elle avait décroché une place! Elle sauvait la situation, tout simplement, d'ailleurs, parce qu'elle avait plu à la vieille femme.

— Tu as encore bu!

Elle n'avait rien compris. Est-ce qu'elle s'attendait à ce qu'il lui dise merci?

Il se coupa en se rasant dans la chambre vide où la robe de chambre rose de leur nuit de noces était pendue à la patère. Et il se rappela que pendant cette nuit de noces elle avait gardé un visage fermé, presque dédaigneux, comme si elle eût été hantée par la crainte de s'humilier.

Pouvait-il lui refuser qu'elle prît la place qu'on lui offrait à l'hôtel, la chambre confortable, les repas, et... Il descendit très tard, trouva Germaine assise à la caisse à côté de madame Colombani. Et ce fut cette dernière qui annonça :

— Eugène viendra vous prendre tout à l'heure, avec vos affaires...

Il oubliait certainement des tas de détails et il y en avait d'autres qu'il ne parvenait pas à situer à leur place exacte. Par exemple, il avait joué au jacquet avec un type au crâne rasé. Mais où? Mais quand?

Et pourquoi M. Philippe ne lui adressait-il plus

la parole? Dupuche l'avait rencontré plusieurs fois rôdant dans le hall. Il lui avait serré la main. L'autre s'en allait aussitôt, l'air préoccupé.

Tout cela restait inconsistant. Il n'y avait que quelques bases solides, comme le vaste hôtel, qui formait tout un bloc sur la place, avec sa cour intérieure et les galeries à chaque étage, le café à droite, la salle à manger au fond, la table des Colombani dans un coin...

Dupuche n'avait même pas en tête la topographie de la ville, qu'il n'avait parcourue que dans l'auto d'Eugène Monti.

Il avait vu trop de gens; tout le monde s'était occupé de lui, mais d'une étrange façon. Pour eux, la vie continuait. On l'emmenait à droite et à gauche. On rencontrait des camarades. On parlait de tout, des courses du dimanche suivant, de la déconfiture d'un cinéma, de la femme d'un Anglais qui s'était suicidée. Puis on murmurait :

— A propos, vous n'avez pas quelque chose pour notre ami Dupuche, « un ingénieur français qui »...

— Tu as vu Chavez Franco?

— Pas encore...

Eugène Monti n'avait pas l'air de travailler. Dupuche savait qu'il avait épousé une jeune fille de Panama et il avait aperçu leur appartement, au troisième étage d'un immeuble moderne.

Les Monti faisaient des fautes de français, lâchaient malgré eux des mots d'argot. Et il y avait une pointe de respect dans la façon dont ils lui parlaient.

— Votre « dame » est très bien... Tsé-Tsé en est emballé, ce qui est rare... Il n'a jamais voulu personne d'autre que sa femme à la caisse...

Mais lui? Que faisait-on de lui? En fin de compte, on l'avait embarqué dans une auto, avec un lit sur le toit, une table les pattes en l'air, un broc et un seau.

On lui avait fait traverser la boutique du tailleur Bonaventure et maintenant on l'abandonnait dans sa chambre au papier rose. La vieille négresse, sa voisine, était rentrée chez elle pour cuisiner, mais deux nègres avaient pris sa place dans la véranda et, le menton sur les mains croisées, regardaient les gamins jouer dans la rue.

A Amiens, Dupuche n'aurait jamais parlé à des gens comme les Monti, ni même, en somme, comme Tsé-Tsé.

— Je te défends d'aller jouer dans la rue... disait sa mère quand il était petit.

— Il a épousé la fille d'un bistrot... avait murmuré son père, méprisant, une fois qu'un voisin s'était marié avec Marthe, qui était en effet la fille du cafetier du coin.

On lui faisait porter des gants pour se rendre à l'école et sa mère ne serait pas allée au marché à cent mètres de la maison sans mettre son chapeau et sa voilette, car on portait encore des voilettes.

C'était un monde où l'on ne buvait pas davantage. Dans l'armoire, il y avait un carafon d'alcool, mais il ne servait que deux ou trois fois par an, quand l'oncle Guillaume venait de Paris, où il tenait un commerce de parapluies près du Père-Lachaise.

Qu'est-ce que les Monti pouvaient bien faire en France? Quant à Tsé-Tsé, il avait dit lui-même qu'il avait débuté en Amérique comme garçon de café au *Washington Hôtel.*

Le soir tombait et les maisons d'en face perdaient leurs reflets pourpres. En réalité, les chambres n'étaient pas des chambres, car on vivait surtout dans la véranda et les pièces n'en étaient séparées que par de larges baies sans portes.

On voyait tout, un vieux nègre qui pansait son pied blessé, une femme qui lavait du linge dans un seau, des enfants nus qui se traînaient par terre..

La gare devait être à gauche, car on entendait siffler des trains. Puis les tramways, de l'autre côté...

Dupuche avait toujours eu de gros yeux sensibles, qui devenaient rouges au moindre courant d'air. Toujours aussi, il avait pleuré pour un rien et maintenant il avait envie de le faire, penché sur la rue non pavée où il était le seul habitant blanc.

— Demain, je ne boirai plus, se promettait-il. Je m'habillerai convenablement. J'irai revoir le ministre de France et il me donnera un conseil...

Il se sentait perdu loin des Monti, des Tsé-Tsé et des autres et pourtant, dès qu'ils n'étaient pas là, il les méprisait.

— Le ministre comprendra... Il me présentera à des gens de notre monde...

Une négrillonne, qui n'avait pas quinze ans, s'était assise sous la véranda, vêtue de vert, nue sous sa robe, les jambes maigres, les reins souples et feuilletait un journal illustré.

Il régnait une odeur particulière. Le tailleur était installé dans un rocking-chair, sur le trottoir, et tout le monde le saluait en passant.

— Ils m'ont donné une petite chambre, là-haut, avait dit Germaine. C'est très propre! Madame Colombani est gentille avec moi...

Il n'avait pas osé lui demander de télégraphier à son père. Et pourtant celui-ci avait au moins dix mille francs d'économies, ce qui suffisait pour le voyage.

Mais son beau-père ne l'aimait pas. Il aurait voulu un gendre fonctionnaire.

— Au moins, il y a une pension... répétait-il.

Et il n'y avait aucune place en France pour un jeune ingénieur, Dupuche en avait fait l'expérience. Il s'était vanté ensuite :

— Nous passerons cinq ans en Équateur. Comme nous mettrons quarante mille francs de côté par an, nous reviendrons avec un capital et...

Il alla vomir dans le seau, au fond de sa chambre. Il ne pouvait pas supporter la cuisine épicée. Il avait ses plus gros yeux. Il voyait son lit sans draps, avec une couverture en coton.

Il en voulait à Germaine, sans savoir au juste de quoi il lui en voulait. Ou plutôt si! Jusqu'à leur mariage, surtout quand ils étaient fiancés et qu'il étudiait à Paris, elle le considérait comme le plus fort, comme le plus intelligent...

Déjà à bord, elle avait commencé à dire :

— Ne fais pas ceci... Va saluer le commandant... Tu as tort de...

Ou bien c'était elle qui faisait les comptes pour le change des monnaies, en déclarant :

— Tu vas encore te tromper...

Maintenant, depuis qu'il avait été saoul, elle le regardait de plus haut encore.

— Surtout, ne viens pas me voir quand tu auras bu...

Eh bien! tant pis! Il avait envie de boire. Il lui restait de la monnaie en poche et il descendit, traversa la boutique du tailleur et se dirigea vers les bruits de tramways, c'est-à-dire vers la rue principale du quartier nègre que les gens appelaient California.

Le café de Fernand Monti était beaucoup plus

près de chez lui qu'il ne pensait, car il l'aperçut bientôt, avec ses lampes déjà allumées et les deux Monti qui jouaient aux cartes avec des nègres.

Il passa sur l'autre trottoir, en regardant ailleurs, tourna dans la grand-rue et se trouva dans une foule aussi dense qu'au faubourg Saint-Martin, par exemple, à la différence près qu'il n'y avait que des noirs et des mulâtres.

— Je dirai au ministre...

Tsé-Tsé était administrateur de plusieurs mines d'or, des petites mines qu'on n'exploitait que quand le métal était cher, car les filons n'étaient pas riches. Mais jamais ces gens-là ne s'étaient occupés de lui en tant qu'ingénieur. On l'avait conduit dans un bazar, dans un garage, dans une brasserie...

Il entra brusquement dans un cinéma dont la sonnerie continue lui rappelait les premiers cinémas de France. La salle était pleine de gens de couleur, la chaleur insupportable, l'odeur écœurante, et l'on donnait un film tout rayé, parlé en espagnol.

— Il vaut mieux ne pas venir me voir le premier jour... avait conseillé Germaine. Les Colombani croiraient que tu seras toujours fourré chez eux...

Ah! elle avait le sens pratique, elle! Elle était confortablement installée dans un hôtel convenable, luxueux même.

Il lui en voulait déjà. Il aurait préféré la voir

plus désemparée et savoir qu'elle s'entendait moins bien avec la vieille madame Colombani.

Dupuche sortit du cinéma et se demanda s'il irait boire. Mais où? Il n'aperçut que des bars où s'entassaient des nègres et où il n'osait pas entrer seul.

Et cela lui rappelait le régiment, quand il n'était qu'un bleu. On l'avait versé dans la cavalerie, par erreur sans doute, car il n'avait jamais touché à un cheval. Il était malheureux, dans ses sabots, et il avait peur de mener les bêtes à l'abreuvoir, de se glisser près d'elles pour le pansage. Aussi était-il devenu presque intime avec son voisin de chambrée, un valet de ferme qui ne parlait même pas un français correct et qui lui donnait des conseils.

N'empêche que deux mois après il était nommé au bureau de la compagnie, portait un uniforme de fantaisie et ne faisait plus les corvées. Mieux! C'était lui qui distribuait les permissions!

Il irait voir le ministre... Il n'y avait que cela à faire... Il expliquerait que...

Mais, en attendant, il ne retrouvait même pas sa route et il y avait des rues si obscures, avec des familles entières de nègres sur les trottoirs, qu'il n'osait pas s'y engager.

Tsé-Tsé le méprisait, sinon il aurait pu lui donner une chambre dans son hôtel, où il en avait quatre-vingt-quatre. Dupuche le lui aurait rendu plus tard!

Mais non! Ils le traitaient tous de haut. On le traînait à travers la ville. On le présentait à Pierre et à Paul.

— Vous n'avez rien pour lui?... « Un ingénieur français qui... »

Dupuche reconnut soudain son tailleur et le rocking-chair à quelques pas de lui. Il n'y avait pas de lumière dans la maison. Il entra, traversa la boutique, chercha un commutateur. L'électricité n'existait même pas et Monti ne lui avait pas donné de lampe.

Il ne lui restait donc qu'à se coucher, comme une bête! A se coucher sans dormir car, sur le balcon, les nègres, jusqu'à une heure fort avancée de la nuit, prenaient le frais en se racontant des histoires dans une langue incompréhensible.

— Demain, je verrai le ministre et je lui dirai...

Il n'était pas saoul. Il était abruti. Il avait mal partout et surtout à la tête. Il aurait fallu que quelqu'un le pinçât, qu'il se réveillât soudain dans une vraie chambre, dans un vrai lit, ou encore dans une cabine de première classe, près de Germaine en chemise de nuit :

— Où sommes-nous? aurait-il dit.

— Tu rêvais tout haut...

— Ah! oui...

Mais ce n'était pas vrai. Il ne rêvait pas et il était bien à California, c'est-à-dire dans le quartier nègre, sur un vieux lit de fer que Monti, le plus grand des deux, Eugène, avait trouvé Dieu sait où! Près de la véranda commune, de temps en temps, une ombre passait la tête pour regarder le blanc dormir.

Car il y avait sans cesse des pas furtifs sur le plancher, des chuchotements, des rires étouffés...

Jusqu'à ce qu'enfin il n'y eût plus que, dans une rue proche, le trot d'un cheval attelé à une voiture.

Puis le bruit des grillons, les derniers, que la saison sèche qui commençait allait chasser de la ville.

A neuf heures du matin, Dupuche, qui n'était même pas passé à l'hôtel, sonnait à la porte de la Légation de France, tendait sa carte au portier métis et était introduit dans le salon encombré de publications en français.

Il n'avait pas bu la veille et pourtant il avait la gueule de bois.

— M. le ministre vous recevra dans quelques minutes... Si vous voulez vous asseoir...

Il ne s'assit pas. Il avait hâte de parler au ministre.

III

Un navire avait débarqué cinquante professeurs chiliens qui se rendaient au congrès de Boston et qui furent pendant deux jours les hôtes de Panama. Le gouvernement les avait logés à l'*Hôtel de la Cathédrale* et un grand banquet avait empêché Germaine de sortir.

Maintenant, ils étaient partis. C'était jour de musique sur la place. Les globes électriques pâles comme des lunes faisaient ressembler les arbres à des arbres de théâtre et la foule tournait autour du kiosque en deux flots distincts, les hommes dans un sens, les femmes dans l'autre, ce qui fournissait une occasion de plaisanter et de rire à chaque rencontre.

L'air était presque frais, la vie molle. Dupuche guettait de loin l'entrée de l'hôtel et, lorsqu'il vit surgir la silhouette de sa femme, il fut presque aussi ému que, fiancé, lorsqu'il l'attendait sous un réverbère d'Amiens.

Elle mettait ses gants tout en marchant et il lui prit le bras d'un geste qui lui était familier.

— Tu n'es pas trop fatiguée? Tu n'as pas eu trop chaud?

— Non. Il fait plus frais à l'hôtel que dehors...

Ils contournèrent la place, comme les autres, puis ils échappèrent au courant et, dans la première rue, Dupuche baisa furtivement la joue de Germaine.

— Je m'ennuyais de toi, dit-il gauchement.

Il était tendre, ce soir-là. Il ajouta, comme on fait une surprise :

— Tu sais, je n'ai pas bu un seul verre aujourd'hui!

Elle le regarda avec attention et parut satisfaite.

— C'est bien.

Mais presque aussitôt elle questionna :

— Tu n'as rien trouvé? Le ministre...

— Il m'a très bien reçu... C'est un brave homme...

Eh! oui. Un brave homme qui suait et qui soufflait en regardant son visiteur avec des yeux navrés.

— Que voulez-vous que je fasse, mon pauvre ami! Je n'ai pas de crédits. Je voudrais vous rapatrier que je ne le pourrais pas. Si je vous disais que je ne suis pas retourné en France depuis sept ans, parce que toutes mes ressources passent aux quelques réceptions indispensables...

Il suait autant que Dupuche. Dans une petite pièce, derrière son bureau, séchaient toujours trois ou quatre chemises qu'il reprenait tour à tour.

Le couple marchait lentement, comme jadis en France.

— Il m'a envoyé une carte permanente pour le Cercle International...

Dupuche n'était pas trop amer. Il s'était promis d'être très calme, très gentil.

— Et toi, Germaine?

— Je suis déjà au courant du travail. C'est facile. Mais madame Colombani me tient quand même compagnie presque toute la journée.

— Tu es bien nourrie?

— Je mange comme les clients, dans la salle à manger.

— On ne dit rien de moi?

Elle fit non de la tête, mais il ne la crut pas. En trois jours, il était peut-être allé cinq fois dire bonjour à sa femme. Tsé-Tsé et M. Philippe l'avaient chaque fois évité! Ils lui rendaient sa poignée de main, certes, mais comme à regret, et ils avaient aussitôt du travail ailleurs.

Comme le couple passait d'une rue obscure à une rue éclairée, Dupuche s'arrêta devant le bar italien qu'il montra à sa femme.

— C'est ici que je déjeune, au comptoir. Ce n'est pas cher...

Et soudain il questionna :

— Tu as écrit à ton père?

— Je lui ai écrit hier.

— Qu'est-ce que tu lui dis?

Anxieux, il regardait ailleurs pour ne pas laisser voir sa nervosité.

— Je lui dis que nous n'avons pas encore pu toucher l'argent et que nous restons ici en attendant...

— Tu n'ajoutes pas que tu travailles?

Il sentit qu'elle se troublait et il se hâta d'ajouter :

— Pourquoi pas, puisque c'est la vérité!...

Mais il avait mal. Il savait que son beau-père serait heureux d'aller montrer cette lettre à la vieille madame Dupuche.

— Tu ne travailleras d'ailleurs pas longtemps! Avant huit jours, j'aurai trouvé à m'occuper...

— Tu as cherché?

— Toute la journée...

Ils dépassaient maintenant la gare, franchissaient le passage à niveau et le décor changeait, car ils abordaient le quartier nègre.

Les boutiques étaient plus étroites et plus sales, la foule bruyante et effrontée. On regardait Germaine dans les yeux. On se retournait sur le couple en riant.

— J'ai demandé à madame Colombani si je ne pouvais pas venir loger avec toi, murmura Germaine. Elle m'a répondu qu'il était impossible à une femme blanche d'habiter California...

Il ne répondit pas, mais il fut ému. Elle avait

parlé d'une voix douce, avec le désir de lui faire plaisir et il lui serra le bout des doigts.

— Au coin, c'est le café de Fernand Monti... On prend la rue suivante, on tourne à gauche et on arrive chez moi... Tu verras Bonaventure...

— Tu vas encore souvent chez les Monti?

— Le moins possible. Cependant, quand je fais une démarche sans eux, on dirait qu'ils sont jaloux...

Ils marchaient au milieu de la rue et apercevaient des ombres étendues sur les trottoirs et sur les seuils. Quelqu'un jouait de l'accordéon.

Comme ils allaient atteindre la maison, Germaine s'arrêta au coin d'une ruelle large d'un mètre à peine et souffla :

— Qu'est-ce qu'ils font?

Deux formes, celle d'une fillette et celle d'un homme, enjambaient l'appui d'une fenêtre et pénétraient dans une chambre.

— C'est ma voisine, expliqua Dupuche. Le soir, elle raccroche les hommes dans la rue et, comme elle ne peut pas les faire monter chez sa mère, elle entre ainsi dans l'arrière-boutique de Bonaventure qui ne s'aperçoit de rien.

Germaine était impressionnée. Elle le fut davantage quand, dans l'obscurité, il fallut traverser la boutique du tailleur. On entendait un ronflement. Dupuche guidait sa femme par la main et tâtonnait pour trouver l'escalier. Une fois chez lui, il alluma une bougie.

— Il y avait quelqu'un, en bas?

— Bonaventure, oui! Il dort toujours dans un coin de sa boutique...

Elle ajouta en chuchotant :

— Il y a du monde sur la véranda...

— Mais oui!... Mes voisins... La mère et le père de la petite que tu as vue avec un homme... Elle n'a pas encore quinze ans... Assieds-toi...

Comme il n'y avait pas de chaise, Germaine ne savait où s'installer. Elle finit par s'asseoir sur le lit. Dupuche s'efforçait toujours de sourire.

— Tu vois... Ce n'est pas un palace, mais c'est habitable...

Et déjà, en pensant que tout à l'heure il reviendrait seul, il avait les yeux humides.

Quand il était petit, qu'il avait six ans peut-être, il disait ses prières du soir, à genoux dans son lit et il ajoutait aux phrases qu'on lui avait apprises :

Sainte Vierge, saint Joseph
et vous, mon petit Jésus joli,
faites que mon papa puisse toujours travailler,
que maman n'aie plus mal au dos
et que nous mourions tous ensemble...

Il ne pouvait pas admettre qu'un jour sa mère serait dans un cercueil, dans un corbillard. A cette idée il sanglotait, tout seul dans son lit, en proie à une panique physique.

Et maintenant il regardait Germaine qui allait partir, ils s'approchait timidement d'elle pour l'embrasser.

— Attention, fit-elle en montrant le balcon où bougeait quelque chose.

Il fit tomber le rideau verdâtre et voulut entraîner sa femme jusqu'au lit de fer.

— Non, Jo!... Pas ici!... Laisse-moi...

— On ne peut pas nous voir...

— On entend tout... Je t'en supplie!...

Alors, il prononça plus froidement :

— Tu as raison.

Mais il serait calme jusqu'au bout, c'était décidé. Il n'avait pas reproché à Germaine la lettre à son père. Il ne lui reprocherait pas son indifférence, maintenant qu'elle était chez lui et qu'elle ne savait que lui dire, tout à la hâte de s'en aller.

— Tu veux que nous sortions?

— Oui... Il fait meilleur dehors...

Les marches d'escalier craquaient, et aussi le plancher de la boutique où le nègre cessa un instant de ronfler. Dans la rue, Germaine jeta un coup d'œil machinal vers la ruelle où la gamine avait disparu avec son compagnon de rencontre.

— Au fait, Eugène m'a proposé une place, déclara soudain Dupuche qui y pensait depuis un moment et qui remarquait que sa femme ne lui prenait pas le bras.

— Quel Eugène?

— Le plus grand des Monti, celui qui a les cheveux presque blancs.

— Une place de quoi?

— Tu verras tout à l'heure...

— Dis-le maintenant.

— Non. Tu te rendras mieux compte...

Elle marchait à pas nets, sur ses hauts talons. Elle était mal à l'aise dans ce quartier et lui, au contraire, se complaisait à l'y promener. C'était presque une vengeance, de temps en temps il l'observait du coin de l'œil.

Autour d'eux, toutes les fenêtres, toutes les portes étaient ouvertes et on devinait des gens partout, endormis ou les yeux ouverts, de la chair aspirant la fraîcheur, des hommes et des femmes qui attendaient le lendemain, des enfants en tas dans les coins.

— C'est une bonne place? demanda Germaine.

— Tu verras.

— Tu as accepté?

— Pas encore.

Il avait envie de le faire, maintenant, de dépit, de rage, parce qu'elle n'avait pas eu le mot, le geste qu'il eût fallu.

— Pourquoi ne m'en as-tu pas parlé tout de suite?

— Attends... Prends garde au tramway...

64

Ils n'avaient plus qu'à franchir le passage à niveau pour se retrouver dans la ville espagnole où brillaient les enseignes lumineuses de deux cabarets. Un fiacre s'arrêta près d'eux, mais Dupuche fit signe qu'il n'en voulait pas.

La vie de nuit commençait. Au *Kelley's*, dans une salle éclairée en bleu, un orchestre argentin faisait danser quelques couples et les taxis commençaient à débarquer les passagers d'un bateau venant de San Francisco.

Les hommes portaient leur veston sur le bras, comme Dupuche le premier jour. L'un d'eux, malgré la nuit, avait gardé son casque colonial.

Ils repartiraient au petit matin. Tous repartaient! Chaque jour, quinze bateaux, vingt bateaux franchissaient le canal et des centaines de passagers venaient faire un petit tour à terre en regardant autour d'eux avec une curiosité tranquille.

Seul Dupuche était resté!

— Tu ne m'as toujours pas dit quelle place...

— Arrête-toi un instant...

Au coin d'une rue, sur le trottoir, se dressait une baraque violemment éclairée par deux lampes à acétylène. Devant un comptoir en planches, quatre tabourets. Derrière, un métis en tenue blanche de cuisinier faisait frire des saucisses qu'il servait à ses clients sur un morceau de pain.

— Eh bien? demanda Germaine.

— Eugène m'offre cette place-là, en attendant... Avec les pourboires, on peut se faire deux dollars par nuit...

Il avait la gorge si serrée qu'il pouvait à peine parler. Mais sa femme ne s'en aperçut pas. Elle marchait toujours. Elle ne s'était même pas indignée et jusqu'à l'hôtel il n'eut pas le courage de lui adresser la parole.

Le concert était terminé. Quelques couples s'attardaient sur les bancs.

— Bonsoir... murmura-t-il.

— Tu n'entres pas un moment?

— Non... Cela vaut mieux...

Il ne tenait pas à rencontrer Tsé-Tsé, ni M. Philippe. Ce soir-là, il devait demander de l'argent à sa femme, mais il n'y avait pas pensé jusque-là et au dernier moment il en fut incapable. N'était-ce pas à elle de savoir qu'il n'avait plus rien?

— Promets-moi de ne pas boire...

— Parbleu!

— Pourquoi dis-tu ça ainsi?

— Pour rien... Bonsoir, ma petite Germaine... Nous en sortirons, va!

— Mais oui!

Elle l'embrassa furtivement et traversa la place en courant, se retournant pour lui faire un signe d'adieu.

Puis il la vit qui parlait à madame Colombani et à Tsé-Tsé; enfin ils se dirigèrent tous trois vers une table du hall où ils allaient boire quelque chose avant de se coucher.

Il poussa la porte du bar de Fernand et se dirigea vers la table où les deux frères étaient en conversation avec Christian et avec un homme que Dupuche ne connaissait pas.

— Asseyez-vous, dit Eugène en lui serrant la main. Vous ne connaissez pas encore Jef?

Eugène, qui était le plus gentil de tous, lui parlait toujours avec une pointe de déférence.

— M. Dupuche, Jef. Un ingénieur qui allait à Guayaquil pour prendre la direction de la *S.A.-M.E...* Arrivé ici, plus de société, plus d'argent... Nous lui cherchons une place...

Le bar était mal éclairé et il y régnait la même grisaille que dans tout le quartier nègre. Il n'y avait que deux clients accoudés au long comptoir derrière lequel étaient rangées plus de cent bouteilles d'alcools de tous les pays du monde.

— Enchanté... grogna Jef en tendant la patte.

C'était un monstre. Il n'avait pas loin de deux mètres de haut et il était aussi épais que large. Avec son crâne rasé, sa barbe de deux jours, il réalisait le type du forçat tel que chacun l'imagine. Peut-être le faisait-il exprès? Il tenait la tête basse, sans quitter des yeux ses interlocuteurs et il parlait d'une voix traînante, avec un fort accent flamand, en faisant des grimaces par surcroît.

— Jef est propriétaire de l'*Hôtel Français* à

Colon, expliquait Eugène. Il est arrivé dans le pays presque en même temps que Tsé-Tsé...

— Vous connaissez Cristobal et Colon? demanda l'ours [1].

— Nous avons passé quelques heures, ma femme et moi, au *Washington Palace*...

— Évidemment!

Christian, rasé de frais et parfumé comme d'habitude, fumait une cigarette. Au fond de la salle s'alignaient quelques loges devant lesquelles on pouvait tirer un rideau et certaines devaient être occupées, car on percevait des murmures.

— Qu'est-ce que vous faites, maintenant? questionnait Jef tout en faisant signe au garçon.

— Je ne sais pas encore... Le ministre m'a donné une carte pour le Cercle International, où je rencontrerai des gens qui me seront peut-être utiles...

Jef buvait une menthe à l'eau, les autres de la bière et cela semblait naturel à chacun que l'homme de Colon interrogeât le nouveau à la façon d'un juge.

— Vous ne trouverez rien au Cercle International!... Rien que des purées!...

C'était la dernière fois qu'il disait vous, car dès lors il tutoya Dupuche comme il devait tutoyer tout le monde.

— Si t'étais venu au temps où on perçait le

1. Cristobal est le port américain, Colon la ville indigène (N.D.E.).

canal, je ne dis pas... A présent, il y a les Américains d'un côté, qui vivent chez eux, dans la zone, où ils ont leurs clubs et leurs coopératives... De l'autre côté, les gens de Panama qui se battent pour être président de la République ou ministre...

Son regard n'avait pas encore quitté Dupuche qui perdait contenance. Et pendant ce temps-là les Monti attendaient respectueusement. Ils avaient dû jouer aux cartes, comme chaque soir, car la table était encore couverte de son tapis rouge portant une réclame pour un apéritif.

— Qu'est-ce que tu bois?

— De la bière.

— Où est-elle ta femme?

— Mon père l'a prise comme caissière intervint Christian. Elle vit à l'hôtel.

Eugène Monti prit la parole à son tour.

— J'ai trouvé une place pour lui, en attendant. Croci lui fera vendre ses saucisses...

Mais Jef, plus ours que jamais, grognait en appuyant ses coudes sur la table qui semblait trop petite pour lui.

— Ça ne collera pas!

Enfin, en soufflant la fumée d'une cigarette qu'il venait d'allumer :

— Veux-tu un bon conseil, petit? F... le camp d'ici! N'importe comment! avec ou sans ta femme...

Il se tourna vers Chistian et poursuivit :

— Ton père m'en a parlé et il est du même avis que moi. On n'en fera rien et un beau jour il y aura de la casse!

— Je ne comprends pas, balbutia Dupuche.

— Parbleu! Mais je me comprends, moi! Fernand et Eugène me comprennent aussi! Pas vrai?

Ils ne répondirent pas.

— Crois-moi! Tire ton plan pour rembarquer. Tu as bien de la famille capable de t'envoyer trois ou quatre billets de mille francs?

Dupuche fit un grand effort.

— Je suis capable de me débrouiller seul...

— Que tu dis!

— Le ministre m'a promis...

— Laisse le gros dormeur tranquille... Il a déjà bien assez de travail à changer de chemise...

— Il y a des mines dans le Darrien et je suis prêt à y partir...

— Ouais!

— Que voulez-vous dire?

— Rien. Bois ton verre... Est-ce que tu joues à la belote?

— Non.

— Alors, regarde-nous jouer et tais-toi!

Pourquoi Dupuche ne s'en alla-t-il pas? Il resta assis près d'eux, à les regarder battre les cartes et jouer. Malgré ce que Jef venait de lui dire, il ne parvenait pas à lui en vouloir. De temps en temps, d'ailleurs, l'ours lui jetait par-dessus son jeu un coup d'œil sans méchanceté et même, peut-être, encourageant.

Un des rideaux rouges qui fermaient les loges se souleva et un couple de nègres traversa la salle. L'homme était vêtu d'un complet sombre et coiffé d'un canotier. La femme était très grosse, déjà vieille, habillée d'une robe d'un rose bonbon.

Ils s'en allaient... Personne ne s'en occupait... Ou plutôt Fernand se tournait vers son barman de couleur.

— Payé?

— Payé.

— Atout, atout et cœur maître.

Il n'y avait plus de tramways. La rue était silencieuse et quand les joueurs se taisaient on n'entendait que le tic-tac de l'horloge.

— Je te l'ai coupée, hein! prononça soudain Jef qui venait de gagner la partie.

Et, comme Dupuche ne répondait pas :

— Faut pas faire attention... Ce que j'en dis, c'est pour ton bien... Il en passe assez ici des comme toi, pour qu'on finisse par les connaître...

Si Eugène Monti l'avait pu il aurait sans doute fait taire son compagnon et il regarda Dupuche avec l'air de vouloir l'encourager.

— Vaut mieux être franc, pas vrai? Eh bien! je ne te donne pas deux ans...

Christian ne s'étonnait pas, ni Fernand qui se leva parce qu'on l'appelait dans une loge et qui revint en murmurant :

— C'est encore le vieil Anglais...

— Avec une négresse?

— Avec deux... Elles sont parvenues à lui faire payer le champagne...

Le barman, en effet, mettait une bouteille de champagne à rafraîchir, dans un seau de métal.

— A propos, Petit Louis part la semaine prochaine...

— Avec sa femme?

— Ils vont passer six mois en France. Elle en a besoin. Malgré la crise, elle continue à faire ses dix dollars par jour.

Dupuche se leva, chercha son chapeau.

— Je vous reconduis un bout de chemin, lui dit Eugène après une hésitation.

Il devinait, lui! Dehors il commença :

— Il ne faut pas faire attention... Jef est un bon type mais il est brutal...

— C'est un forçat, n'est-ce pas?

— Il a peut-être eu des ennuis, jadis... N'empêche qu'il vit à Panama depuis trente ans... Vous verrez son hôtel, à Colon... C'est là que se réunissent les sept ou huit Français de la ville, ceux qui, comme Petit Louis, ont une femme dans le quartier réservé, vous comprenez?

Et Eugène prit le bras de son compagnon.

— Nous, on est commerçants, mais on est

obligé de les fréquenter... Jef vient de temps à autre passer deux jours à Panama... J'ai compris que cela vous faisait de l'effet...

— Pourquoi a-t-il dit qu'il ne me donnait même pas deux ans?

— Il exagère... C'est son habitude...

— Il prétend que Tsé-Tsé est de son avis...

— Parce qu'il n'aime pas les nouvelles figures... N'empêche que c'est un brave homme... Vous avez vu ce qu'il a fait pour votre femme... Réfléchissez à ce que je vous ai dit pour les saucisses... Ici, il n'y a pas de déshonneur... Maintenant, je vous laisse, parce qu'ils m'attendent pour la belote...

Et Eugène s'en alla, un peu gêné.

Sainte Vierge, saint Joseph,
Et vous, mon petit Jésus joli...

Sa mère attendait une lettre et il n'avait pas eu le courage de l'écrire. Il essaya de calculer l'heure qu'il était en France et il s'embrouilla. Deux petites filles, deux négresses qui n'avaient pas quatorze ans, se campaient devant lui et l'interpellaient en anglais.

Il fit non de la tête, les écarta du geste. Il était écœuré. Comment allait-il en fin de mois envoyer à sa mère l'argent qu'il lui avait promis? Elle lui avait laissé continuer ses études, malgré la mort de son père, et quand il avait eu son diplôme, il n'avait pas trouvé de place.

Par contre, il était fiancé et sa mère pleurait en disant :

— Tu veux déjà me laisser toute seule!

Était-ce sa faute à lui? Il n'avait pas encore vécu. Il n'avait fait que préparer sa vie, dans les livres, sans même l'argent nécessaire pour s'amuser avec les autres.

Qu'est-ce que Jef avait voulu dire en parlant de deux ans? Pas même deux! Un an, avait-il spécifié, en se prétendant d'accord avec Tsé-Tsé.

Autrement dit, Tsé-Tsé n'avait pas confiance en lui non plus. Ni les frères Monti, au fond!

Dupuche commençait à comprendre. Ces gens-là n'étaient pas de son milieu. Sa présence les gênait. On feignait de l'aider mais on avait hâte de le voir partir...

Est-ce que Christian, qui ne faisait rien, sinon se promener en auto avec des jeunes filles, valait mieux que lui? En France il ne leur aurait même pas adressé la parole!

Et pourtant, quand il avait été question d'eux, le ministre avait déclaré sans conviction :

— Ce sont de bons types, les Monti surtout... Eugène, qui a épousé une jeune fille du pays, est très bien vu ici et il possède une vingtaine de maisons...

Des maisons en bois dans le quartier nègre, comme celle que Dupuche habitait!

— Quant à Fernand, c'est un grand mutilé de guerre...

Dupuche poussa la porte de la boutique, faillit heurter du pied le tailleur qui dormait, s'engagea sans bruit dans l'escalier.

Sur la véranda, la famille d'à côté dormait pêle-mêle y compris la fillette qui avait enjambé la fenêtre avec un ami de rencontre.

Le plus difficile c'était de situer toutes ces nouvelles relations dans l'échelle sociale. Par exemple, on prétendait que Tsé-Tsé possédait plus de vingt millions et le ministre allait souvent chasser chez lui. N'empêche qu'il avait débuté en même temps que Jef, à Colon, et qu'il avait été garçon de café au *Washington*...

Qu'est-ce que les Monti pouvaient faire en France? Sûrement qu'ils fréquentaient les petits bars louches de Montmartre ou de la porte Saint-Martin!

Quant à Jef... Est-ce qu'il avait tué... Sinon, pourquoi avait-il été envoyé au bagne?

Or, c'était lui, Dupuche, qu'on regardait avec dédain, avec pitié, lui à qui on déclarait :

— Un bon conseil. Fiche le camp.

Sans méchanceté, comme pour lui rendre service! Jusqu'à Germaine qui n'était pas loin de trouver naturel qu'il vendît des saucisses chaudes!

La maison sentait le nègre. Tout le quartier sentait le nègre et les épices, y compris la couverture dont Dupuche s'enveloppait pour dormir.

Dès qu'il ferma les yeux il revit, Dieu sait pourquoi, la gamine enjambant la fenêtre et il pensa à ce qui s'était passé dans l'arrière-boutique du tailleur. Il en fut troublé. La petite était sur la véranda, couchée à même une natte, mais il ne bougea pas, il se contenta d'y penser et de se dire, que s'il voulait...

Le plus étonnant, c'est que Germaine, elle, restait la même, pareille dans ses robes, avec son assurance, sa tranquillité, l'idée de donner des nouvelles à son père et de faire au mieux le travail que lui confiait madame Colombani!

D'où sortait-elle cette madame Colombani? Elle avait l'air d'une ancienne cuisinière, mais elle aussi pouvait bien avoir débuté dans le quartier dont Jef avait parlé!

Dupuche était si content, le soir, d'annoncer à sa femme qu'il n'avait rien bu de la journée!... Mais, cela aussi, elle l'avait trouvé tout naturel. Elle n'avait pas erré dans les rues, elle, en déchiffrant les enseignes et en se demandant si elle aurait le courage d'aller solliciter une place dans tel ou tel magasin, dans tel bureau anglais ou américain.

En réalité, il ne s'était adressé nulle part. Il n'avait pas osé! C'est à peine s'il était resté cinq minutes au *Cercle International* où il y avait des salons luxueux, un jardin, une piscine, des tables de bridge et de baccara.

Il évitait d'y boire, car il ignorait le prix des consommations. Il sentait qu'on l'observait.

— *Je vous en supplie, faites que je trouve quelque chose.*

Il ne disait plus « *Sainte Vierge, saint Joseph* »...

Et encore moins « *mon petit Jésus joli...* »

Car il y avait cinq ans qu'il n'était pas allé à la messe. Il se contentait de murmurer :

— *Faites que je trouve quelque chose...*

Pour leur prouver à tous qu'il les valait, qu'il valait mieux qu'eux, même! Pour prouver à Germaine qu'il était un homme! Pour pouvoir écrire à son beau-père que, malgré un coup dur la situation était rétablie!

Et pour envoyer chaque fin de mois l'argent promis à sa mère!

Alors, il se présenterait à l'hôtel de Tsé-Tsé et réclamerait un appartement, comme un vrai client! M. Philippe ne l'éviterait plus! Ni Tsé-Tsé lui-même, avec sa grosse tête, ses petites jambes et son air de se croire un empereur parce qu'il avait gagné des millions à des trafics plus ou moins honnêtes.

Eugène Monti le comprenait, il comprenait déjà. Il osait à peine insister pour les saucisses.

Au surplus, la bonne farce serait que tout cela fût le résultat d'une erreur. Il avait écrit à

Grenier. La lettre était partie par avion et Grenier était de taille à se défendre; à reprendre du poil de la bête...

De temps en temps, un corps se retournait, sur la véranda en planches. La vieille négresse avait la manie de pousser des gémissements en dormant.

Dupuche dut finir par s'assoupir, car il franchit en rêve l'appui de la fenêtre d'en bas et ouvrit les yeux au moment où la gamine retirait sa robe.

Il ne se trompait pas tant que cela, puisqu'il la voyait en effet sur le balcon, assise sur un tabouret, la jupe troussée jusqu'aux cuisses, en train de prendre un bain de pieds dans une cuvette.

Elle lui adressa le bonjour de la main.

IV

Il avait un œil caché par l'oreiller et il la regardait de l'autre, ce qui la fit rire, car c'était drôle de voir un homme avec un seul œil. Quant à Dupuche, il ne pouvait s'empêcher de sourire à la gamine qui se découpait sur un fond de soleil. Le quartier nègre vivait ses heures les moins nonchalantes, celles du marché qui se tenait surtout dans la grand-rue à tramways mais qui débordait partout.

Par contraste avec la rumeur du dehors la maison était silencieuse. La fillette prenait un peu d'eau dans le creux de sa main et la faisait couler le long de ses jambes marbrées de savon, puis elle se tournait vers Dupuche souriant, riait, secouait sa petite tête en pain de sucre.

Il bougea pour mieux la voir et alors elle essuya ses jambes et ses pieds dont la peau était plus claire entre les orteils, puis soudain elle s'accroupit, la robe haut levée, genoux écartés, et se savonna le ventre.

Pourquoi parla-t-il? Sa voix était mal assurée.

— Comment t'appelles-tu?

— Véronique.

C'était comme une chanson. Et Véronique, en belle humeur, se frictionnait le pubis et faisait des grimaces.

— Et toi? demanda-t-elle.

— Dupuche...

Elle attrapa la serviette pour s'essuyer et, tandis que sa robe retombait de travers sur le corps resté humide, elle fit deux pas dans la chambre, saisit une casquette de toile blanche que Dupuche avait achetée à la Martinique et la posa sur sa tête.

— C'est joli?

En animal prudent, elle n'avançait que peu à peu, attentive aux mouvements de l'homme, à l'expression de son visage surtout, comme si elle eût craint qu'il se fâchât. Enfin elle fut debout tout près du lit et Dupuche tendit la main, toucha sa jambe qui était dure et froide comme la pierre polie.

— Tu veux l'amour?

Elle avait gardé la casquette blanche sur la tête et la robe verte était roulée sous ses aisselles. A certain moment, Dupuche avait tendu l'oreille, car il entendait craquer les marches de l'escalier.

— C'est rien... C'est mama... avait-elle dit pour le rassurer.

Et en effet, quelqu'un soufflait, puis ouvrait la porte d'à côté, soufflait encore et posait des provisions sur la table.

— Véronique!

— Oui! cria la petite d'une voix pointue.

Elle continuait à rythmer les mouvements de Dupuche qui ne s'était jamais senti aussi gauche. Il se passait quelque chose de déroutant. Sans un mot, en souriant toujours, c'était cette gamine qui prenait la direction de leur étreinte et qui épiait l'apparition du plaisir dans les yeux de son compagnon.

Or, sa chair à elle n'était même pas émue. Non! Véronique s'amusait. Elle jouait à l'amour. Elle utilisait toute la gamme de ses connaissances et elle contemplait Dupuche avec un regard à la fois tendre et narquois.

Quand il détourna la tête et resta immobile, elle le baisa au front, éclata de rire, sauta sur le plancher.

— Je peux garder?

Elle montrait la casquette blanche qui ne l'avait pas quittée et, comme il faisait un signe affirmatif, elle courut la montrer à sa mère.

Quelques minutes plus tard, Dupuche s'habillait quand les pas de la *mama* traînèrent sur la véranda. Une main écarta le rideau qu'il avait tiré. La vieille se montra, souriant de toutes ses dents, tendant vers le locataire un bol de café chaud.

Voilà! C'était tout simple! La veille, il n'aurait pas voulu boire dans ce bol et maintenant cela lui semblait naturel.

Un peu après il descendait, traversait la boutique du tailleur. Bonaventure comme d'habitude leva la tête pour le regarder, mais ne lui dit pas bonjour. Il appartenait sans doute à une autre race de nègres. Il ne souriait jamais. Jamais non plus il ne se montrait sans faux col et sans cravate.

Maintenant encore, tandis qu'il essayait un complet mauve à un mulâtre et qu'il avait des épingles plein la bouche il gardait toute la dignité, toute la raideur de son grand corps aux gestes mesurés.

Arrivé au coin de la rue, Dupuche se retourna, sans raison, en somme, et il aperçut les deux femmes, Véronique et sa *mama,* accoudées au balcon qui le regardaient partir.

Il avait envie, ce matin-là, d'aller se promener dans la « zone » et il le faisait un peu comme on va prendre un bain.

Une nouvelle géographie du monde lui était pour ainsi dire entrée dans la peau et à l'instant même, cependant qu'il franchissait le passage à niveau, il avait pleinement conscience de l'endroit du globe terrestre où il gravitait.

Au-dessus de lui, c'est-à-dire en face, à deux kilomètres à peine, tout de suite après le canal, s'amorçait cette masse écrasante de l'Amérique du Nord tandis que derrière son dos commençaient, à moins de dix kilomètres, les paysages apocalyptiques de l'Amérique du Sud.

Il avait étudié cela en France mais en ce temps-là il ne se rendait pas compte de la façon dont les choses se passaient.

Un canal pour séparer ces deux mondes... A chaque bout du canal, une ville : Colon sur l'Atlantique, Panama sur le Pacifique. Ce qu'il ne soupçonnait pas, jadis, c'est qu'entre ces villes il n'y avait rien, pas même une route.

Ainsi, il était dans une grande cité, à se faufiler entre les autos, et en moins d'une heure il pouvait aller se heurter à la forêt vierge, être arrêté par des montagnes inexplorées.

Cela ne l'impressionnait pas : non ! mais cela le travaillait, cela et le reste ! Des navires passaient sans répit, venant de Chine, du Pérou, de l'Argentine, de New York et d'Europe, s'acheminant vers le bloc nord s'il venait du sud et vers le bloc sud s'il venait du nord, ou encore piquant droit à travers un des deux océans.

N'empêche qu'un homme comme Tsé-Tsé, par exemple, n'avait pas besoin de quitter son seuil pour affirmer, en entendant une sirène :

— Un « W » qui rentre en France.

C'est-à-dire un des bateaux de la Transat dont les noms commencent invariablement par W et qui font San Francisco avec du fret et des passagers.

Non seulement Tsé-Tsé annonçait le nom du bateau, mais il précisait :

— La femme du consul doit être à bord...

Quant à M. Philippe, lui, avec son air humble et fatigué, il parlait sept langues et connaissait tous les capitaines.

Mais ce n'était pas encore là ce qui le troublait. D'ailleurs, il ne s'agissait pas de trouble à proprement parler. Il s'agissait d'un décalage. Un homme de la plaine respire mal en haute montagne, ne se sent pas d'aplomb.

Dupuche n'était pas d'aplomb! De quelle race étaient, par exemple, ces gens qui allaient et venaient dans les rues? Des hommes petits et maigres, au poil brun, aux gestes vifs...

Ils prétendaient tous descendre des conquérants espagnols et tous avaient du sang indien dans les veines, beaucoup du sang nègre par surcroît, quelques-uns du sang chinois.

Car il y avait tout plein de Chinois aussi!

Peu importait évidemment! N'empêche que ce n'était pas reposant. Ni surtout de ne rien voir de stable autour de soi. Eugène Monti disait en parlant du président de la République de Panama :

— C'est un demi-Indien de la campagne, un ancien instituteur. Il a fait nommer son beau-frère à l'ambassade de Paris mais le beau-frère veut être président à son tour...

Et tout à côté donc, au Venezuela, ce président qui avait plus de quarante femmes et une bonne centaine d'enfants reconnus !

Voilà pourquoi, pour ces causes et pour d'autres, Dupuche se dirigeait vers la « zone » où cependant il savait qu'il allait enrager.

Car les Américains, eux, s'ils possédaient le canal, ignoraient Panama, les gens de Panama, les nègres, les présidents de la République, la forêt vierge et les montagnes inhumaines.

Ils vivaient dans leur « zone », un pays à eux, en somme, tout le long du canal, cerné de fils de fer barbelés et de sentinelles... Un pays doux et propre, coquet, reposant, semé de cottages à rideaux clairs, sillonné de routes lisses, planté de golfs, de tennis, de clubs, de salons où les dames prenaient le thé et de nurseries modèles.

Un pays, enfin ! un pays où certains mots avaient une valeur, des mots comme : *éducation,* comme *diplômes,* comme *honnêteté,* comme...

Mais Dupuche n'avait rien à faire dans ce pays-là ! Il était au-delà des barbelés, dans la foule sans race, parmi les métis, les Indiens et les nègres et il n'avait, pour s'y raccrocher, qu'un Eugène Monti qui vendait de la limonade sur le champ de courses !

Il roulait dans sa tête ses pensées informes et en même temps il se souvenait du rire de Véronique; et cela l'empêchait d'être tout à fait désespéré.

Jamais sa femme n'avait ri, n'avait souri de la sorte. Jamais elle ne s'était préoccupée du plaisir de son compagnon. Et même l'amour ne lui inspirait-il pas une certaine répulsion? Elle avait honte en tout cas, aussitôt satisfaite.

Véronique n'avait pas honte! Véronique ne se préoccupait pas d'elle, n'avait de joie que d'allumer de la joie dans les yeux de l'homme.

Dupuche se renfrogna en pensant qu'elle enjambait l'appui de fenêtre le soir, avec des amis de rencontre.

Qu'est-ce que cela pouvait faire, puisqu'il n'y avait plus rien de solide? Il avait imaginé la vie dans une maison propre, près d'une usine où il eût été respecté, avec une auto, des économies, des enfants. Sa mère serait venue le voir le dimanche...

Il marchait toujours. De temps en temps, il regardait machinalement un étalage. Il ne se trouvait plus très loin de l'*Hôtel de la Cathédrale* mais il ne voulait pas passer devant.

Ces deux continents entre lesquels il se faufilait l'écrasaient de leurs millions d'êtres différents de lui, de leurs forêts trop denses, de leurs animaux, de leurs montagnes et de leurs fleuves comme cette Amazone qui aurait pu noyer l'Europe entière.

Mais il allait s'habituer, il le sentait, il le voulait! Il ferait comme les autres, comme Jef, comme les Monti, comme Tsé-Tsé...

A commencer par les saucisses! Tant pis!

— M. Dupuche...

Depuis quelques instants déjà il entendait prononcer son nom sans réaliser qu'on l'appelait et il fut enfin rejoint par un boy de l'hôtel qui était essoufflé.

— Je suis allé chez vous... C'est une chance que je vous rencontre... Il faut que vous veniez tout de suite...

— Où cela?

— A l'hôtel... Quelqu'un vous demande...

Il n'en avait que pour trois minutes. C'était l'heure où la place était vide, sauf un jardinier qui arrosait les plates-bandes autour du kiosque. Le boy essayait de faire de grands pas à côté de son compagnon et paraissait tout fier de le ramener comme s'il eût fait un prisonnier.

Tsé-Tsé était accoudé au bureau, près de Germaine qui leva la tête au-dessus de son livre de caisse...

— Il y a quelqu'un pour moi? demanda Dupuche sans penser à dire bonjour.

— Dans le bar... Dépêchez-vous... Son bateau repart à midi.

Germaine le rappela.

— Surtout ne bois pas de pernod!... Tu sais l'effet que cela te fait...

Un homme se leva au moment où Dupuche entrait et fit deux pas vers lui en le regardant dans les yeux.

— Dupuche?

— C'est moi.

Il cherchait à se souvenir. Il lui semblait avoir déjà aperçu ce visage.

— Lamy... Vous ne vous rappelez pas?

Il ne lui tendait pas la main. Il avait un drôle de regard dur, fiévreux, et ses pommettes étaient creuses, sa bouche amère.

— Asseyez-vous... J'ai tenu à vous voir malgré tout...

Sur la table, il y avait un verre de *whisky and soda*. Distraitement, Dupuche commanda la même chose.

— Vous y êtes, maintenant?

On aurait dit à Dupuche qu'il était en face d'un fou qu'il n'eût pas été surpris. C'était surtout le regard méchant de son interlocuteur qui gênait, sa façon de se pencher en avant avec une insistance menaçante. En même temps sa lèvre frémissait, avec un retroussis sarcastique.

— Vous n'y êtes toujours pas? Eh bien! moi, je me souviens d'un soir où, après un monôme, nous sommes restés les deux derniers dans les rues de Nancy...

— Attendez... Vous étiez à l'Université aussi... Mais vous aviez deux ans d'avance sur moi...

— Trois...

Lamy semblait satisfait, comme s'il eût déjà marqué un point.

— Tenez! je me souviens même que vous m'avez dit que votre rêve était de vous marier et d'avoir des enfants...

C'était vrai! Dupuche avait déjà cette idée-là, bien avant de connaître Germaine.

Maintenant son interlocuteur questionnait durement :

— Pourquoi n'avez-vous pas pris le bateau?

— Quel bateau?

M. Philippe, sans bruit, s'était glissé dans la salle et s'était assis dans un coin. Est-ce qu'il pouvait entendre?

— Ne faites pas l'innocent, Dupuche. Regardez ceci!

Il tirait un revolver de sa poche, le posait sur la table entre les deux verres.

— Je ne le ferai pas, je ne sais pas pourquoi...

— Je ne comprends pas, murmura Dupuche, prêt à se lever.

— Vous ne comprenez pas ça non plus?

Et il lui mit sous le nez une formule de télégramme où on lisait :

« *Prière remettre direction affaire et fonds restant Joseph Dupuche et prendre premier bateau.*

« Grenier. »

Un instant, Dupuche eut un espoir. Grenier n'était pas en faillite! Grenier avait télégraphié! Mais aussitôt il regarda la date.

— C'est vieux de quinze jours, remarqua-t-il.

— Et après?

— Vous le savez bien... Car je suppose, d'après ce télégramme, que vous étiez à la *S.A.M.E.*

— Comme vous dites!

— La société a fait faillite...

Ils ne se comprenaient pas encore. Lamy était si nerveux qu'il commanda un second whisky, pour se donner le temps de se calmer.

— Qu'est-ce que vous racontez?... J'ai pris le bateau voilà huit jours, un petit bateau mixte, parce que c'est moins cher... Je me disais bien que je vous rencontrerais ici ou à Cristobal... Dans ces pays, on se rencontre toujours!... Et je me promettais...

Il eut un bref regard au revolver tandis que M. Philippe, dans son coin, battait des paupières.

— Pourquoi? murmura simplement Dupuche.

Lamy était malade. Ses doigts étaient agités d'un tremblement nerveux. Sa lèvre inférieure frémissait sans répit.

— Vrai, je ne sais plus! s'écria-t-il. Je croyais que c'était vous qui aviez intrigué pour me voler

90

ma place. Sinon, pourquoi m'aurait-on rappelé?

— Je l'ignore aussi...

— Qu'est-ce qu'on vous a dit, à Paris?

Dupuche s'en souvint soudain et dut se mordre la lèvre. Il comprenait! Grenier avait expliqué :

— L'ingénieur qui est là-bas est devenu à moitié fou... D'après les rapports que je reçois, il boit de la *chicha*[1], vit avec une Indienne...

C'était Lamy, qu'il avait connu à l'Université de Nancy!

— Eh bien! que vous a-t-on dit?

— Cela n'a plus d'importance, maintenant, puisque la société a sombré. On a dû vous le câbler, mais vous étiez déjà en bateau...

— Qu'est-ce qu'on vous a dit? répétait l'autre, obstiné.

— Moi, je n'ai appris la catastrophe qu'ici, quand j'ai voulu toucher ma lettre de crédit. Car on m'avait remis une lettre de crédit au lieu d'argent liquide. La banque n'a pas voulu payer...

Cela n'intéressait pas Lamy, qui suivait une idée fixe.

— Est-ce qu'on vous a raconté que je buvais?

— On m'a peut-être dit quelque chose de ce genre...

— Et que j'avais un enfant d'une Indienne?

— Ah! vous avez un enfant?

1. Alcool indigène tiré des grains de maïs mâchés par les Indiennes (N.D.E.).

91

— Cela ne les regarde pas! Cela ne regarde personne! Vous comprenez? Est-ce que ça m'empêche de diriger la mine? Pour ce qu'il y avait à diriger, d'ailleurs!... Mais je vous promets un beau pétard, à Paris... Et si vous étiez venu là-bas, je vous aurais fait passer un sacré quart d'heure... Un whisky, garçon!

M. Philippe se leva et gagna le hall, toujours silencieux.

L'instant d'après, Germaine entrait dans le bar, ce qui ne lui arrivait jamais, feignait l'étonnement.

— Pardon! Je ne te savais pas occupé...

Il comprit. On l'envoyait pour mettre fin à l'entretien, ou tout au moins pour empêcher Lamy de s'exalter davantage.

— Ma femme... présenta-t-il. M. Lamy, l'ancien ingénieur de la *S.A.M.E*...

— Enchanté...

Il ricana.

— Vous avez de la chance que la société soit en faillite! Oui! Pour une chance...

Germaine s'était assise et ne comprenait pas encore.

— Je suppose que Grenier vous a affirmé que le pays est très sain, le climat agréable?... J'aurais voulu vous voir, Madame, au bord de la rivière, dans la boue, dans une chaleur telle, certains jours, que je ne pouvais pas écrire, car ma sueur diluait l'encre sur le papier...

Il semblait les défier.

— Et les coliques? Avez-vous déjà eu des coliques? Si mon amie ne m'avait pas soigné... Oui, Madame, j'avais une maîtresse indigène, que je considérais comme ma femme, et elle m'a donné un enfant, je n'ai pas honte de le dire... Si j'avais eu de l'argent, je l'aurais ramenée en France, car elle vaut mieux que vous toutes...

Il éprouvait le besoin de faire du scandale. Peut-être n'était-il venu que dans ce but? Il vida son troisième verre avec un haut-le-cœur et il devait en avoir bu d'autres avant l'arrivée de Dupuche.

— C'est saleté et compagnie, comprenez-vous?

Il saisit son revolver qu'il poussa dans sa poche.

— Vous ne rentrez pas en France avec moi? lança-t-il encore, ironique. Vous espérez que la société sera renflouée?

— Nous n'avons pas d'argent, prononça lentement Germaine.

Il fut stupéfait, les regarda l'un après l'autre, grave d'abord, puis amusé au point d'éclater de rire.

— Ça, par exemple!... Alors, vous êtes condamnés à rester ici, faute d'argent?...

— Oui, Monsieur, et je travaille dans cet hôtel pour gagner notre vie...

Sans doute ne s'était-elle pas aperçue de son

état, car elle lui parlait comme à une personne raisonnable.

Lamy se leva. Quand il était debout, on constatait davantage sa maigreur. Son corps était vidé, cassé, et pourtant il n'avait que trois ou quatre ans de plus que Dupuche.

— Qu'est-ce que je vous dois, garçon?

Il cherchait une sortie et on devinait chez lui un penchant au cabotinage.

— Chère Madame...

Il se pencha pour lui baiser la main, donna une tape sur l'épaule de Dupuche.

— Quant à toi, mon pauvre vieux, bon courage!

— Qu'est-ce que c'est? questionnait Germaine.

— Je ne sais pas... Il est à moitié fou...

— Qu'est-ce qu'il t'a dit?

— Il rentre en France... Je crois qu'il était venu avec l'intention de me tuer... Ou plutôt non : il a voulu faire le malin...

— Tu as vu les Monti?

— Hier au soir, en te quittant, oui.

— Et alors?

— Rien... ou plutôt si...

Il prit un temps, laissa tomber :

— Je vais vendre des saucisses...

Il avait hâte d'être seul. Il salua de loin

M. Philippe qui bougea à peine la tête pour lui rendre son salut et il sortit, gagna le côté ombragé de la rue, se précipita dans le petit bar italien après s'être assuré que le John des automobiles ne s'y trouvait pas.

Il ne pouvait chasser l'image du visage grimaçant de Lamy, de son corps maigre sur lequel flottaient les vêtements blancs et il croyait encore entendre sa voix.

— Il va se faire enfermer en arrivant en France! se disait-il pour se rassurer. Il est fou, complètement fou!

Et la géographie qu'il avait dans la tête s'enrichissait d'une notion nouvelle : une rivière qui allait se jeter dans le Pacifique et qu'il fallait remonter pendant des jours pour atteindre les bâtiments en bois de la *S.A.M.E...* La sueur qui se mélangeait à l'encre... les coliques soignées par une Indienne à qui on faisait un enfant...

— *Elle vaut mieux que...*

Pourquoi lui disait-on cela justement le jour où il avait fait l'amour avec Véronique! Et quel goût avait cette *chicha* faite avec du maïs que mâchaient les indigènes et qui fermentait ensuite dans de l'eau?

— Nous avons des raviolis, aujourd'hui, lui annonça le garçon.

— Ça va! Seulement je vous paierai demain.

Il entendait la sirène du bateau de Lamy qui s'engageait dans le canal et qui, dans quinze jours atteindrait La Pallice. Il pleuvrait sans doute. Il ferait froid, car on était en février et en France c'était encore l'hiver.

— Un peu de râpé?

— S'il vous plaît...

Il s'agissait de mettre ces histoires-là en ordre, de choisir une ligne de conduite et de s'y tenir coûte que coûte.

Sinon...

V

C'était un soir, trois mois après, au plus fort des chaleurs. La partie de belote se traînait chez Monti et le garçon somnolait au bar. Chacun avait retiré sa veste et Fernand portait des bretelles, ce qui le faisait ressembler davantage à un ouvrier en négligé du dimanche matin.

Christian Colombani, justement, jouait avec Dupuche, qui venait d'annoncer une tierce et belote.

— Deux fois atout, un as et un dix maître...

Eugène comptait les points, et marquait. Christian sortait des mains du coiffeur et ses cheveux bruns, plus frisés que jamais, répandaient un parfum sucré.

— A propos, Jo... commença-t-il en donnant les cartes.

Dupuche devinait déjà, de même que les deux autres qui feignaient d'être préoccupés.

— Je voulais te demander... Cela t'ennuierait que j'emmène ta femme à la fête du *Club Nautique?*...

Et Dupuche prononça calmement, posément, avec un naturel parfait :

— Au contraire!

Ce fut au point qu'on se demanda si c'était feint, mais non! Il continuait à jouer tandis que Christian avait hâte d'aller s'habiller et d'annoncer la nouvelle à Germaine, car la fête avait lieu le soir même. Dès qu'il y eut mille points, il se leva, cachant mal son impatience.

— Je te dois, Fernand?

— Deux tournées... Quatre-vingts centimes...

Il ne s'agissait pas de centimes, mais de *cents* américains. C'était une façon de parler, entre soi, un des mille petits détails à quoi on se reconnaissait entre anciens de Panama.

Christian avait sa voiture à la porte. Les trois autres le regardèrent partir et Eugène s'étira, bâilla :

— Ce soir, je dois emmener ma femme au cinéma!

On ne la voyait jamais. A peine Dupuche l'avait-il aperçue une ou deux fois à son balcon, dans le quartier de l'Exposition où se groupaient les légations. On lui avait dit que c'était une jeune fille de bonne famille, que ses parents étaient riches. Il savait encore que, quelques semaines auparavant, Eugène avait espéré un enfant, mais que celui-ci était venu avant terme et était mort. Il se contentait d'imaginer madame Monti comme une Panaméenne un peu mièvre et dolente qui vivait parmi les divans et les coussins de son appartement.

— Quel chic type, ce Christian!

Fernand disait ça pour dire quelque chose, mais c'était assez vrai quand même, car Christian, riche et gâté comme il l'était, aurait pu se rendre insupportable et restait au contraire un bon camarade. S'il rencontrait Dupuche alors qu'il passait en voiture, il le hélait.

— Où vas-tu?

Et il le conduisait à destination, l'attendait, le ramenait en ville, l'emmenait boire de la bière fraîche au *Kelley's* ou au *Rancho*.

Trois mois étaient passés et personne ne s'en rendait compte, pour la bonne raison qu'en trois mois il n'y avait rien eu de changé. Si! Dupuche avait appris à jouer à la belote et il parlait un peu l'espagnol.

Un événement, pourtant : il était arrivé une longue lettre de Grenier : celui-ci affirmait qu'il avait été victime de ses concurrents, mais que la bataille n'était pas perdue. Il parviendrait un jour ou l'autre à remettre son affaire à flot et alors Dupuche serait récompensé de ses peines et de sa patience.

« Continuez à apprendre la langue, à vous familiariser avec le climat et avec le pays. Je ne peux pas vous envoyer de fonds, car on m'a tout vendu, et j'habite une modeste chambre d'hôtel... »

La lettre était écrite sur du papier à en-tête du *Fouquet's*.

Dupuche n'avait pas besoin de cette vague promesse pour attendre. C'était venu tout seul. Il avait pris des habitudes : chaque heure s'était meublée peu à peu de menus faits et gestes qu'il répétait docilement tous les jours.

— Tu viendras après le cinéma? demanda Fernand à son frère.

— Je ne crois pas... Ma femme voudra rentrer...

Ils n'avaient rien d'autre à se dire, la belote finie. Ils restaient là, au frais, à suivre des yeux les gens qui passaient dans la rue.

— Voici Nique! annonça Eugène.

C'était Véronique qu'on avait fini par appeler Nique et qui s'avançait vers la porte vitrée, regardait à l'intérieur en attendant la permission d'entrer. Dupuche lui adressa un signe. Elle poussa la porte, tendit la main.

— Bonjour!... Je peux boire quelque chose?

C'était devenu une habitude aussi, une sorte de situation acquise. Véronique avait droit de cité dans la petite bande. Si on rencontrait Dupuche, on disait tout naturellement :

— Tiens! J'ai aperçu Véronique qui avait l'air de te chercher...

Eugène avait toujours une maîtresse, lui aussi, mais il en changeait au moins une fois par mois et cela n'était pas toujours sans tiraillements, car certaines de ses amies essayaient de se raccrocher à lui. L'une d'elles avait même envoyé une lettre anonyme à sa femme.

Le barman savait ce qu'elle aimait.

— Un panaché, Nique?

On ne voyait jamais grand monde dans le café de Monti, au point qu'au début Dupuche s'était demandé comment celui-ci pouvait en vivre. Mais les jours de paie compensaient tous les autres jours de la semaine.

— Bon! Je m'en vais...

Il fallait un effort pour cela. Eugène soupira, serra les mains, se dirigea vers sa voiture qui stationnait un peu plus loin.

Dupuche, lui, attendait que Véronique eût bu sa bière et se leva à son tour.

— Ça marche un peu, *là-bas?*

— Un peu...

C'était l'heure d'y aller. Juste au coucher du soleil. Dupuche franchissait le passage à niveau et la plupart du temps Véronique l'accompagnait, un drôle de petit chapeau sur la tête, chaussée de vernis noirs. On passait devant les deux boîtes de nuit, devant un grand café, puis, au coin de la rue, on arrivait devant la baraque aux saucisses.

Dupuche en avait la clef. Il ouvrait la porte aux nègres qui l'attendaient et qui allumaient aussitôt du feu tandis que lui-même plaçait des rouleaux de monnaie dans le tiroir.

Jadis, il s'était fait un monde de ce métier-là, qui était pourtant bien naturel. Il ne s'agissait pas de porter une veste de cuisinier, ni de servir les saucisses aux clients. Les deux nègres étaient là pour ça et lui était une sorte de gérant, de patron, en somme, qui vérifiait les quantités de marchandises et qui tenait la caisse.

A ce moment, Véronique avait droit à sa première saucisse qu'elle dévorait, non sur un des tabourets, mais en se promenant à l'écart pour ne pas se faire remarquer. Quant à Dupuche, il n'avait même pas besoin de rester derrière le comptoir. Une fois la cuisine en train, il pouvait aller s'asseoir à la terrasse d'en face, errer dans le quartier, à condition de revenir souvent voir si les deux nègres ne mettaient pas la recette dans leur poche.

Il gagnait un dollar par jour, plus un faible pourcentage.

— J'ai rencontré ta femme...

Elle grignotait sa saucisse pour faire durer le plaisir.

— Elle entrait chez *Vuolto*...

— Aujourd'hui?

— Il y a deux heures.

L'odeur de l'huile chaude imprégnait le carrefour. Le cuisinier vint demander la clef du frigidaire pour prendre les saucisses.

— Tu es sûre que c'était elle?

— Oh, oui!...

102

Véronique, sans raison apparente, avait voué à Germaine, qu'elle n'avait jamais aperçue que de loin, une admiration mystique en même temps qu'une réelle affection.

— Elle est belle, ta femme!

Christian était de cet avis-là aussi, et beaucoup de Panaméens. Mais Dupuche, lui, était trop habitué à cette beauté régulière, à ce sévère visage de blonde, pour être encore frappé.

Ce que Véronique venait de lui apprendre, par exemple, lui faisait froncer les sourcils. Christian, tout à l'heure, ne lui avait pas dit que la soirée était costumée. Or, si Germaine était allée chez *Vuolto,* ce ne pouvait être que pour louer ou acheter une *bolliera.*

Depuis longtemps elle avait envie d'essayer ces robes nationales aux jupes amples, au corsage serré, aux épaules largement découvertes, mais elle avait eu soin de n'en pas parler les derniers jours.

— Tu es fâché?

Véronique était toujours prête à s'éloigner si elle sentait que sa présence gênait Dupuche.

— Je reviendrai tout à l'heure?

Il la laissa partir. Serrée dans sa robe claire qui moulait un corps sans hanches, elle marchait en se dandinant, en feignant de regarder les vitrines comme une dame qui se promène.

— *Hello, boy!...* s'écria en passant John, qui toucha au vol la main de Dupuche.

Et il continua sa route. Il avait toujours des amis qui débarquaient par quelque bateau et avec qui il faisait la bombe jusqu'au matin.

Dupuche s'assit d'abord dans un coin de la boutique. Au début, il avait honte de se montrer derrière le comptoir, mais à présent il en avait l'habitude et, le dimanche, au champ de courses, cela l'ennuyait à peine de servir des bocks et des limonades avec Monti, quand les garçons étaient débordés.

Il ne trouvait pas cela naturel, certes. Mais il puisait une sourde satisfaction dans son amertume même.

« Ils ont cru que je ne tiendrais pas le coup!... Jef ne me l'a pas envoyé dire!... Est-ce qu'ils commencent à s'apercevoir qu'ils se sont trompés? »

Il savait que Véronique allait revenir pour lui dire un petit bonjour, car elle ne restait jamais longtemps sans montrer le bout de son nez. Il lui avait demandé de ne plus coucher avec d'autres hommes et elle l'avait juré, avec un rien d'étonnement. Est-ce qu'elle tenait parole?

Dupuche ne gagnait pas lourd. Germaine non plus. A la rigueur cependant, en évitant certaines dépenses, ils auraient pu louer une chambre dans le quartier européen.

— Dès que je toucherai un peu plus... disait-il à sa femme.

Il avait visité des chambres meublées et il les

avait trouvées froides, sans personnalité, sans odeur. Et puis, il y avait des voisins qui allaient à leurs affaires, qui poursuivaient leur vie propre, qui se connaissaient les uns les autres, se fréquentaient.

Il préférait traverser en rentrant la boutique de Bonaventure qui ne manquait jamais de détourner la tête avec mépris.

Quand il avait fallu des nègres pour creuser le canal, on en avait importé des Antilles françaises et des Antilles anglaises.

Les parents de Véronique, qui s'appelaient Cosmos, étaient originaires de la Martinique et Véronique, qui avait fait sa première communion, portait une croix d'or au cou et bégayait le français.

Bonaventure, lui, se considérait comme un Anglais et il était protestant.

— Sale nègre!... grommelait-il au passage du vieux Cosmos.

Il exerçait le métier de tailleur. Il était commerçant patenté. Il ne portait même pas des vêtements de toile, mais des vêtements de drap sombre et son faux col avait quatre centimètres de haut.

Cela l'indignait de voir Cosmos acheter chaque matin des éventails à un sou et gagner le port, où, avec d'autres, il montait à l'assaut des navires pour vendre sa pacotille aux passagères.

Cela l'indignait davantage qu'un blanc puisse

vivre avec ces gens-là! Car, de sa boutique, il entendait tous les bruits de l'étage.

Il savait que, chaque matin, la *mama* Cosmos allait faire son marché, tandis que Dupuche restait seul avec Véronique. Souvent, le soir, ils rentraient ensemble, très tard, à cause des saucisses.

Les locataires d'en face étaient au courant aussi, et toute la rue.

C'était comme un secret collectif et parfois la bonasse madame Cosmos avait l'air de traiter le Français comme son gendre.

Avec respect, d'ailleurs! C'était elle qui cirait ses chaussures, lavait son linge, repassait ses complets blancs. Il la payait, certes, mais ce n'était pas la question. Il entrait dans leur chambre comme chez lui, prenait du café sur le poêle, du sucre dans la boîte en fer. On lui apportait de l'eau chaude pour se raser et c'était sans importance si madame Cosmos était en négligé, ou même en train de se laver.

On l'appelait M. Puche... Véronique l'appelait Puche et elle avait expliqué un jour que Jo, c'était réservé pour sa femme.

— Je ne veux pas t'appeler comme elle... Ce ne serait pas bien...

Et le mot bien, dans son esprit, résumait tout, l'honnêteté, les convenances, la loi, le sentiment...

— Non... Ce n'est pas bien... avait-elle murmuré un soir qu'il lui prenait le bras en rentrant dans les rues désertes.

Et c'était elle encore qui lui rappelait :

— Il faut que tu ailles voir ta femme aujourd'hui.

Car certains jours il n'y allait pas, il n'aurait pas pu expliquer au juste pourquoi. A Amiens, il aimait bien Germaine et, le soir, ils passaient des heures entières à s'embrasser dans quelque rue sombre, quand ils étaient fiancés. A bord, il était amoureux aussi quand, chaque jour, elle arborait une autre robe de toile.

C'était peut-être l'hôtel de Tsé-Tsé qui lui était hostile et pourtant, il était clair, gai, propre; il y avait toujours du mouvement dans le hall; le bar était frais...

Seulement, dès le premier jour, on l'avait regardé d'une façon qu'il supportait mal. M. Philippe avait feint de l'ignorer. Tsé-Tsé avait affecté un ton protecteur.

Cela continuait! On lui serrait distraitement la main et on s'occupait aussitôt d'autre chose. Quand il se promenait avec Germaine, elle ne lui parlait que de l'hôtel, des Colombani et des clients.

— Hier, il est venu les propriétaires d'un yacht américain... Ils sont restés jusqu'à quatre heures du matin à boire du champagne... Ils partent ce soir pour Tahiti et, de là, ils gagneront le Japon... Nous attendons Douglas Fairbanks la semaine prochaine...

Elle apportait des précisions.

— Devine ce que faisait madame Colombani avant de se marier? Elle était couturière! Elle est venue ici comme femme de chambre d'une famille de Panama qui a habité Paris et Tsé-Tsé l'a épousée... Il possède plus de quarante millions...

Elle ne disait pas cela méchamment, non! Elle parlait de ce qui l'intéressait!

— L'an dernier, c'est Tsé-Tsé qui a prêté l'argent nécessaire au président pour sa campagne électorale. Il lui téléphone souvent et il le tutoie.

Dupuche finissait par la détester, cette immense bâtisse blanche de la place de la Cathédrale, avec sa cour intérieure, son hall, ses appartements à salle de bains...

— Il paraît que tu manges avec eux, maintenant?

Il le savait par Eugène. Germaine mangeait à la table des Colombani, au fond de la salle à manger. Au surplus, Christian était beaucoup plus souvent à l'hôtel que par le passé.

C'est pour ça que tous les trois étaient gênés tout à l'heure, à la belote, quand Christian avait parlé de la fête du *Club Nautique*. Dupuche ne disait rien, mais il devinait beaucoup de choses et les autres avaient beau être discrets, ils n'arrivaient pas à le tromper.

Est-ce qu'au début, quand on rencontrait Christian, il n'y avait pas toujours une femme dans sa voiture? Il y avait même une tradition à ce sujet. Pendant la belote, on faisait semblant de renifler en se penchant sur son épaule.

— Tiens!... Il doit y en avoir une nouvelle!... Je ne connais pas cette odeur-là... disait-on.

Et Christian souriait, ravi, car il passait son temps à ramasser des gamines dans les rues et à les emmener en auto hors de la ville où existaient deux ou trois auberges accueillantes.

Maintenant, il était presque toujours seul. Deux ou trois fois, on lui avait lancé :

— Amoureux?

On ne le faisait plus en présence de Dupuche qui surprenait des demi-mots, des regards, des silences plus éloquents.

C'était un peu, comme pour Véronique, une complicité muette. Tout le monde savait quand même et, la preuve, c'est qu'on se taisait soudain quand il entrait.

Cet amour était assez inattendu, d'ailleurs. Christian pouvait s'offrir les plus belles filles de Panama et bon nombre des passagères qui débarquaient pour l'escale. Qu'est-ce qui pouvait l'intéresser chez Germaine?

Ou plutôt... Oui! Dupuche comprenait... C'était malgré tout le fils de Tsé-Tsé... Il n'avait pas beaucoup d'instruction, pas davantage d'éducation.

Et Germaine avait tout ça, même un peu trop!

— Je peux prendre une saucisse?

Véronique revenait en balançant son derrière étroit.

— Tu es triste, Puche?

— Non... je réfléchissais...

— Je parie que tu pensais à ta femme!

Est-ce qu'elle savait aussi? C'était possible. Mais, dans ce cas, c'était exagéré. Il ne voulait pas être ridicule.

— De la moutarde... dit-elle au nègre qui glissait une saucisse entre deux tranches de pain. Beaucoup!

Elle aimait tout ce qui était salé, poivré, épicé, tout ce qui avait un goût violent.

— Sais-tu ce qu'on devrait faire, Puche?

Elle était drôle, quand elle plissait le front et faisait mine de réfléchir.

— On devrait aller à Colon... Toi et ta femme dans la même ville, chacun de son côté, ça ne vaut rien... On trouverait à gagner sa vie à Colon...

L'autre bout du canal : Colon ou Cristobal! c'est-à-dire qu'on appelle Cristobal la zone américaine, près du port, tandis que Colon est la ville panaméenne.

C'est à Colon que Jef tenait son hôtel et que s'étale le fameux quartier réservé où l'on compte une dizaine de Françaises. C'est à Colon aussi que, quand la flotte américaine arrive, on voit jusqu'à trente mille matelots déferler dans les rues.

Dupuche se souvenait du *Washington Hotel,* avec ses chambres à dix dollars et sa piscine dans le parc.

— Pourquoi veux-tu aller à Colon?

— Je ne sais pas... Je crois que cela vaudrait mieux...

Et *mieux,* pour elle, c'était comme *bien,* un mot fétiche, un mot qui avait tous les sens, qui résumait des tas de pensées.

Mieux, à cause de Germaine. *Mieux* peut-être aussi à cause de Christian. *Mieux,* parce qu'il n'y aurait plus ce grand hôtel ennemi sur la grand-place...

La rue était animée. On savait que, dans les autos qui passaient, il n'y avait que des passagers suédois, car c'était un bateau suédois qui s'était arrêté le soir et qui repartirait le matin, un bateau de luxe, qui faisait le tour du monde.

La fête du *Club Nautique* devait battre son plein dans les salons du bord de l'eau que Dupuche connaissait, entourés d'un grand parc. Germaine dansait et peut-être, après une danse...

Il était à peine jaloux. Par contre, cela l'ennuyait d'être ridicule. Il ne voulait pas que Christian le prît pour un imbécile.

— Tu ne rentres pas maintenant, Puche?

— Viens me chercher dans une heure...

— Si tard?

Il fit ses comptes, dans l'odeur de friture, mangea un peu aussi, sans appétit, et s'assit dehors, derrière sa boutique en planches, tandis que des cochers et des chauffeurs venaient souper et boire de la bière. Au fait, il avait reçu une carte postale à tout le moins inattendue. Elle portait le timbre de La Rochelle et représentait le nouveau môle.

A l'illustre ingénieur Dupuche,
faux frère et directeur temporaire
de la S.A.M.E.
Aux bons soins du ministre de France à Pa-
nama.

La signature était plus loufoque encore :

Lamy-mi-fa-sol-la-si-do.

— T'as vu Véronique?

Il leva la tête. Il pensait à autre chose et il dut faire un effort pour se retrouver près de sa boutique, en face d'un jeune nègre qui souriait nerveusement.

— Elle vient d'entrer à l'hôtel, avec des touristes, un homme et deux femmes... Elle a emmené un gamin, le petit Tef, un sale nègre...

Celui qui parlait était aussi un autre nègre de

112

quinze ans, mais cela n'avait pas d'importance puisque, pour un nègre, un autre nègre est toujours un sale nègre.

— Qu'est-ce que tu racontes? Fiche-moi le camp!

L'autre s'enfuit, tandis que Dupuche se rasseyait sur son pliant, incrédule, mais inquiet, mal à l'aise. Il était plus de minuit. L'auto d'Eugène passa et il devina à l'intérieur la silhouette de madame Monti en robe du soir.

Une demi-heure s'écoula, trois quarts d'heure et les rues se vidaient davantage, les autos se faisaient plus rares, on entendait distinctement l'orchestre du *Kelley's*. Une entraîneuse vint manger une saucisse.

— On étouffe là-dedans, dit-elle. C'est plein de Suédois...

Puis soudain la mince silhouette de Véronique se profila au coin de la rue, s'avança avec assurance.

— D'où viens-tu?

— Qu'est-ce que tu as, Puche?

— Je te demande d'où tu viens.

Il l'entraîna à l'écart, dans l'ombre de la rue déserte, pour ne pas lui faire une scène devant ses garçons.

— Tu me fais mal...

Il lui serrait le bras, en effet.

— Qu'est-ce que tu as fait?

— Lâche-moi!... Écoute...

113

Ses grands yeux étaient sans remords. On n'y lisait qu'un désir enfantin de se faire pardonner.

— Écoute... Puche... C'est Jim...

— Quel Jim?

— Le chauffeur... Celui qui habite à côté de nous, chez le marchand de pastèques...

— Eh bien?

— Il a arrêté son auto près de moi... Il y avait dedans un monsieur et deux jolies dames...

— Alors, c'est vrai?

— Attends, Puche... Je n'ai rien fait... Il m'a offert dix dollars pour...

Il lui serrait les poignets et elle avait peur d'avoir mal.

— Pourquoi?

— ... Pour que je vienne avec un petit camarade... Il fallait que je fasse croire que c'était mon frère...

— Hein?

— Je n'ai pas voulu... Alors le monsieur m'a tendu vingt dollars par la portière.

— Tu as accepté?

Elle avait un petit sac tout fatigué qu'elle ouvrit et dont elle tira les deux billets de dix dollars.

— Il ne m'a pas touchée... Ils sont restés debout tous les trois, les deux dames et lui, à regarder... Une des dames était très jolie... Elle a failli se trouver mal... On a dû la faire asseoir dans un fauteuil...

— Et toi?

— Tu es jaloux, Puche?

— Qu'est-ce que tu as fait, toi?

— Cela n'a pas d'importance, puisque c'était un petit nègre!... C'est Jim, le chauffeur, qui est allé le chercher... Je ne le connais même pas...

Elle avait toujours les deux billets à la main, comme une offrande. Il les lui prit brutalement, les roula en boule, les lança dans le ruisseau.

— Saleté! grogna-t-il.

Et il retourna à grands pas vers sa boutique en planches, tandis que, sans respect humain, elle ramassait les billets, les repliait pour les mettre dans son sac.

Il était furieux. Il respirait mal. Il engueula un de ses garçons qui servait trop de pain avec une saucisse.

Il y en avait encore pour une heure avant de fermer, peut-être davantage à cause de tous ces Suédois qui ne se décidaient pas à rentrer à bord.

Des autos particulières passaient avec des dames en *bolliera,* les cheveux piqués de fleurs d'or et de fausses pierres. Elles ne pouvaient venir que du *Club Nautique*, mais c'étaient les femmes de personnages officiels, des diplomates, des ministres; les autres danseraient jusqu'au matin.

Il ne vint pas grand monde à la boutique : quelques chauffeurs de taxi, toujours les mêmes; deux ou trois jeunes gens de la ville qui ne pouvaient s'offrir le restaurant et qui essayaient de s'amuser quand même.

— On ferme! annonça enfin Dupuche à ses aides, qui posèrent les panneaux devant la baraque.

Quand il eut tourné la clef dans la serrure, il aperçut une ombre près de la porte. C'était Véronique, debout, les deux mains sur son sac.

— Qu'est-ce que tu fais ici?

Elle ne répondit pas, lui emboîta le pas. Elle reprenait sa place, tout simplement, sans rien dire, et peut-être était-elle sûre qu'il ne mâcherait pas longtemps sa colère.

— Il ne t'a pas touchée?

— Qui?

— Le Suédois?

— Il a écarté ma jambe, parce que la plus jeune des femmes ne voyait pas bien.

— C'est tout?

— C'est tout! Tu es méchant, Puche...

Évidemment! Ils franchissaient les rails du chemin de fer. Ils entraient dans l'ombre plus chaude, plus silencieuse du quartier nègre.

— Pourquoi as-tu fait ça?

— A cause des vingt dollars... Pour dix, je ne voulais pas...

Ce fut elle qui accrocha sa main à son bras.

— Puche!

Elle butait toujours sur le terrain inégal, à cause de ses talons trop hauts.

— Qu'est-ce que cela peut faire, Puche?

Ils entendaient au loin des autos qui filaient vers le port, vers le bateau suédois qui reprendrait sa route le lendemain en direction de Tahiti où des chauffeurs, le soir, racoleraient les petites filles disponibles...

— On devrait aller à Colon...

— Tais-toi! dit-il.

Et il marcha sur la pointe des pieds pour traverser la boutique de Bonaventure qui le méprisait.

— Bonsoir, Puche...

— ...soir...

Il rentra chez lui et l'entendit peu après qui cherchait une place sur la véranda, près de son père et de sa mère qui ronflaient.

Il aurait parié que Germaine dansait toujours, qu'elle resterait au bal jusqu'à la dernière minute, quand les musiciens remettraient les instruments dans les gaines et qu'on éteindrait la moitié des lumières pour donner le signal du départ.

Et cet imbécile de Christian devait être transi de bonheur!

VI

C'était à se demander parfois si les Colombani ne le faisaient pas exprès! Dupuche passait quand il voulait sur la place : il était sûr d'apercevoir Christian accoudé à la caisse, Christian qui avouait lui-même ne s'être jamais occupé de l'hôtel. Chaque matin, il arborait un complet propre — il lui arrivait d'en changer pendant la journée! — et ses cheveux sentaient de plus en plus le salon de coiffure. Il restait là des heures à sourire à Germaine, à lui raconter des histoires qui la faisaient rire.

Si Dupuche entrait, il se contentait de lui toucher le bout des doigts en murmurant :

— Ça va?

Quant à Germaine, non seulement elle se portait à merveille, mais elle était en beauté. A croire qu'elle était née pour vivre derrière la caisse d'un grand hôtel. On la sentait ferme, sûre d'elle, quiète aussi, et c'est tout juste si elle ne levait pas la tête vers son mari comme s'il eût été un client.

— Tu as quelque chose à me dire?

Oui! non! S'il commençait, ce serait trop long. Sans compter qu'après leurs relations deviendraient plus désagréables.

— Je passais... s'excusait-il.

Et derrière lui la vie reprenait son cours, Christian et Germaine riaient de futilités comme peuvent rire les amoureux, et les vieux Colombani approuvaient.

Car ils approuvaient, cela ne faisait de doute pour personne. Tout le monde savait que Christian était pincé. Or, Tsé-Tsé et sa femme étaient ravis, entouraient le couple de sourires complaisants, lui ménageaient des moments de solitude comme à des fiancés.

Et Dupuche, alors? Car il était marié! De quoi avait-il l'air? Prenait-on les paroles de Jef à la lettre et espérait-on qu'il ne tiendrait pas le coup un an et qu'il laisserait ainsi la place libre.

Il avait préféré partir. Pas définitivement, non! Il était parti sans partir. Il avait sauté sur l'occasion, quand Eugène lui avait dit :

— Veux-tu aller porter ce paquet à Jef, entre deux trains?

Un petit paquet ficelé, cacheté, que l'ours devait remettre lui-même à quelqu'un qui s'embarquait pour la France.

Le train roulait. Dupuche regardait passer la forêt où un homme n'aurait pas pu se faufiler. Il était assis du côté de l'ombre. Il fumait une cigarette et il se sentait très bien. Pas heureux à proprement parler, mais léger.

Il n'avait rien décidé. Il ne voulait pas savoir s'il resterait à Colon. Il se demandait même si on ne l'y envoyait pas pour que Christian et Germaine fussent plus tranquilles.

Il n'était pas jaloux. Quand il rencontrait sa femme, c'était sans émotion, avec plutôt une espèce de rancœur.

Ce n'était pas sa faute à lui, et peut-être n'était-ce pas davantage sa faute à elle. Peut-être eussent-ils toujours ignoré le vide qu'il y avait entre eux si, soudain, ils ne s'étaient pas trouvés sans le sou dans un pays étranger, loin de toute aide possible.

Qui sait, sans cela, s'ils n'auraient pas passé toute leur vie en croyant s'aimer?

La catastrophe avait éclaté, n'avait pas provoqué une effusion, un élan de tendresse de l'un vers l'autre. Au contraire! Dupuche descendait boire et, quand il rentrait saoul dans sa chambre, Germaine l'engueulait assez vilainement.

Tsé-Tsé proposait à Germaine une place de caissière et elle acceptait sans le consulter, bien que cela entraînât leur séparation.

Ils avaient l'excuse d'être bousculés, transplantés, égarés dans un monde nouveau, mais par la suite le vide s'était encore accusé et par exemple Germaine ne montrait même plus à son mari les lettres qu'elle recevait de son père, tandis que lui, de son côté, se contentait d'annoncer :

— Maman m'a écrit...

Et cependant c'était un tendre! Souvent il pensait qu'ils n'étaient que deux dans la vie, qu'ils avaient tout pour s'aimer, que c'était leur seule planche de salut et sa gorge se serrait à l'idée que ce n'était pas possible et qu'il ne savait même pas pourquoi!

Il se promettait de prendre Germaine dans ses bras, quand elle viendrait chez lui, de lui dire... Quoi?

Rien! Il n'avait rien à lui dire. Elle était trop sûre d'elle, avec ses cheveux bien lissés, son visage serein, sa robe sans un faux pli.

— Puche...

Il croyait entendre la voix de Véronique et il souriait tout seul dans le train. Il essayait d'entendre aussi la voix de sa femme murmurant :

— Jo...

Non! Quand Véronique disait Puche, cela se suffisait et cela ne signifiait pas qu'elle allait ajouter quelque chose. Elle disait Puche sans raison, les yeux pleins de gaieté et de joie. Quand Germaine disait Jo, c'est que d'autres mots allaient suivre.

— Jo! Madame Colombani m'a expliqué...

Il aperçut la mer au-delà des grands immeubles blancs des compagnies de navigation. On passa près des cheminées de bateaux et le train s'arrêta en face des bazars pleins de soieries japonaises, d'ivoires, de flacons de parfums et de souvenirs.

Il y avait toujours des hommes et des femmes en blanc, en casque colonial, à aller de vitrine en vitrine, à s'étonner de tout, à changer des monnaies et à envoyer des cartes postales et les Levantins gras leur parlaient comme si c'eussent toujours été les mêmes.

Dupuche longea la rue dont toutes les maisons étaient des cabarets de nuit précédés de bars américains où pouvaient s'accouder trente personnes. A cette heure, la rue était calme et on ne voyait dans les bars que quelques marins en bonnet blanc qui buvaient de la bière.

On lui désigna l'hôtel de Jef, un hôtel de troisième ordre, mais assez confortable quand même, flanqué d'un café aux banquettes de moleskine. Jef était là, tout seul, affalé sur une chaise, des lunettes sur le nez, à lire un journal américain. Il leva les yeux sur Dupuche.

— Tiens! tu es ici, maintenant?

Ils ne s'étaient vus qu'une fois, mais Dupuche avait pris, lui aussi, l'habitude de tutoyer les gens.

— Eugène m'a demandé de t'apporter un petit paquet...

— Ah!... bon...

Avant tout, Jef alla enfermer le paquet, cacheté, dans le tiroir du bar.

— Qu'est-ce que tu bois?

— De la bière...

Il ne détestait pas cette salle vide où il faisait frais. C'était beaucoup plus européen que chez les Monti, avec les boules de métal pour les serviettes, des glaces biseautées sur les murs.

— A ta santé!... Tu repars ce soir?

Jef avait un corps énorme. Malgré sa graisse, on le sentait dur et puissant. Il regardait toujours en dessous tandis que sa bouche avait l'air de mâcher quelque chose.

— Je ne sais pas encore. Tu ne connais rien pour moi?

Jef cherchait sur son compagnon les résultats de trois mois de vie à Panama.

— Tu sues toujours autant?

— Toujours!

— C'est plutôt bon, mais ce n'est pas très présentable. Encore de la bière?... Pourquoi veux-tu rester à Colon?

— Je ne sais pas.

— Ça ne va pas avec ta femme, hein? J'ai prévu ça tout de suite et je l'ai dit à Tsé-Tsé. Les femmes, c'est malin, même les plus bêtes. Elle s'est rendu compte que tu flanchais et que tu ne lui servirais à rien...

Il prit un cachou dans une petite boîte jaune et le mit sur sa grosse langue. Un silence suivit. Avec Jef, c'était une habitude. Il se taisait un long moment en regardant devant lui et les autres n'osaient pas prendre la parole, car dans ce cas il leur jetait un sale coup d'œil.

— Tu parles l'espagnol, à présent?

— Assez pour me débrouiller.

— Dans ce cas, je ne comprends pas pourquoi tu ne fais pas les bateaux...

— Qu'est-ce que cela veut dire?

— Tu montes à bord, bien habillé, comme si tu venais chercher quelqu'un. Tu repères des clients intéressants et tu les conduis en ville. Les bazars te donnent dix pour cent et, dans les boîtes, tu peux toucher jusqu'à trente...

Jef l'observa en silence, puis ajouta :

— Il n'y a pas de déshonneur...

Il attendait encore un peu.

— Tu en es quitte pour ne pas faire les bateaux français...

« *Ma chère Germaine,*

« *Je t'écris ce mot en hâte, afin qu'il parte par le train de ce soir et que tu ne t'inquiètes pas. Jef, chez qui je suis en ce moment et qui met une chambre à ma disposition pour les premiers jours, me conseille de rester à Colon où il y a plus de chances de s'en tirer qu'à Panama, parce que les bateaux font de plus longues escales.*

« *Je te tiendrai au courant. Dis le bonjour de ma part à toute la famille Colombani et à M. Philippe.*

« *A bientôt, j'espère.*

« *Je t'embrasse.* »

Qu'eût-il écrit d'autre? C'était correct, pas trop froid. D'ailleurs, Germaine serait contente et Christian encore davantage.

Il ajouta un post-scriptum :

« Ne t'occupe pas de mes affaires. J'adresse un mot aux Monti pour qu'ils me les fassent parvenir. Quant à l'argent, je n'en ai pas besoin maintenant. »

Voilà! Jef lisait son journal en face de lui. Des mouches bourdonnaient dans un rayon de soleil et des bouffées de cuisine voletaient dans la maison.

Dupuche collait l'enveloppe quand une porte qui donnait sur un escalier s'ouvrit. Une femme assez jeune, en robe de soie claire, un vaste chapeau de paille sur la tête, s'arrêta au milieu du café.

— Déjà! fit Jef dans un grognement.

— Oui! Il faut que j'aille à la poste...

Elle regardait Dupuche d'un air interrogateur et Jef expliqua :

— Un copain, qui va faire les bateaux...

Elle se dirigea vers la porte et, quand elle fut dans le soleil, Dupuche vit son corps à travers le tissu léger de la robe.

— C'est Lili, dit Jef quand elle fut partie. Elle danse à l'*Atlantic* et elle prend pension ici. Il est rare qu'elle se lève si tôt...

Il était cinq heures de l'après-midi. Le soleil était encore chaud, mais l'ombre devenait plus large dans la rue.

« Cher Eugène... »

Véronique ne savait pas lire et Dupuche était bien obligé de s'adresser à quelqu'un d'autre.

« Je crois que je vais rester à Colon, où Jef me conseille de faire les bateaux. Veux-tu aller voir Véronique et lui dire de venir me rejoindre avec mes affaires? Elle sait où tout se trouve. Si elle n'avait pas d'argent pour le train, tu serais gentil de lui prêter le nécessaire.

« Je te remercie d'avance, et de tout ce que tu as fait pour moi. D'ailleurs, il faudra que j'aille de temps en temps là-bas pour voir ma femme et vous serrer la main à tous.

« Amitiés. »

C'était bien aussi et Dupuche porta les deux lettres au train, rencontra Lili qui se promenait devant les bazars et sur qui les hommes se retournaient.

Il était un peu ennuyé, car il n'avait pas osé parler à Jef de Véronique. D'autre part, elle lui manquait déjà et elle lui serait utile, tiendrait ses vêtements en ordre.

La soirée fut fatigante. Tout était à recommencer, il fallait se familiariser avec de nouvelles atmosphères; avec de nouveaux visages, avec aussi d'autres façons d'être. Quand il rentra à l'hôtel, quatre Français faisaient la belote et buvaient un picon-grenadine. Jef le présenta et on lui fit une place.

Mais on ne s'occupait guère de lui. Les joueurs ne s'interrompaient que pour parler de leurs affaires, des courses surtout, et aussi d'un certain Gaston qui devait leur télégraphier de Marseille.

On commençait à dresser les couverts dans l'arrière-salle et l'odeur de cuisine était de plus en plus sympathique, au point de donner un instant l'illusion de la France.

Jef adressa un clin d'œil à Dupuche, l'entraîna dans un coin.

— Tu as de l'argent?

— Une dizaine de dollars...

— Bon! Pendant quelques jours, pour te donner le temps de te débrouiller, je te fais crédit. Tu coucheras et tu mangeras ici...

Il disait cela d'un ton bourru et lui désignait une table.

— Mets-toi ici, tiens...

Lili s'assit à une table voisine, et dîna en lisant un roman. D'autres femmes vinrent, qui étaient pressées et qui s'en allèrent après avoir avalé un potage et un fruit. Dupuche devina que c'étaient

127

les Françaises du quartier réservé dont s'occupaient les joueurs de belote.

— Tu pourrais demander à Lili de t'affranchir,
vint encore dire Jef. Elle est bonne fille. Elle ne
commence qu'à dix heures. Elle te montrera les
endroits où tu peux conduire tes clients. Dis,
Lili!... Tu as entendu!

— Je veux bien.

Cela se passa gentiment. En somme, c'était
beaucoup plus gai qu'à Panama, parce que ce
n'était pas une vraie ville, mais que tout était
construit pour les étrangers qui faisaient escale.

Cinq ou six blocs d'immeubles n'étaient que
bazars, brasseries, bars et boîtes de nuit, tandis
que plus loin s'alignaient comme à Panama, les
maisons en bois du quartier nègre.

— Vous ne connaissez pas Colon? demanda
Lili qui marchait à petits pas sur ses talons
démesurés.

Boulotte et brune, elle avait l'accent de Tou-
louse ou d'Agen.

— Moi, je suis ici depuis six mois. Avant, je
travaillais en Californie, avec une troupe...
Tenez! Voilà le quartier réservé qui commence...

Les maisons de bois étaient les mêmes que les
autres, mais au rez-de-chaussée les boutiques
étaient remplacées par de petits salons, par des
chambres qui ouvraient directement sur la rue.

Des femmes étaient assises, une par case, des
négresses, des mulâtresses et des blanches.

— En voilà une que tu as vue dîner tout à l'heure chez Jef. Sais-tu combien elle se fait par soirée. De quinze à vingt dollars et elle va tous les ans passer deux mois de vacances en France avec son mari...

Lili le fit entrer dans tous les cabarets. C'était l'heure où tous les orchestres, déjà en place, attendaient les premiers clients pour commencer à jouer. Les entraîneuses, devant les glaces, s'assuraient de leur beauté.

— Ici, c'est l'*Atlantic,* où je travaille, la boîte la plus chic. On te fera vingt pour cent sur les consommations et trente sur le champagne. Ma table est au fond, à droite... Je te ferai quelque chose aussi sur les clients que tu m'amèneras...

Ils sortirent de la lumière mauve de la salle et passèrent à côté, au *Moulin Rouge.*

— Un peu moins élégant... Les entraîneuses sont de couleur... A l'*Atlantic* c'est défendu...

Puis ce fut le *Tropic,* où les femmes étaient laides et les nappes douteuses.

— D'ailleurs ce soir, tu n'as qu'à aller de l'un à l'autre. Quand des touristes désirent souper, il y a un restaurant derrière le *Tropic*... C'est le meilleur.

Toutes les enseignes lumineuses s'étaient déclenchées à la fois et des bandes de marins américains envahissaient les rues.

— A tout à l'heure... Il est mon temps...

Dupuche marcha longtemps, pénétra dans un

bar et s'assit sur un tabouret, commanda du whisky. Des musiques ruisselaient de toutes les maisons et se contrariaient. Les passagers des bateaux commençaient à arriver en taxi, accompagnés de jolies femmes, surtout des blondes, certaines en robe du soir et d'autres, au contraire, en pyjama de plage. Des nègres se faufilaient, vendaient de tout, des éventails ou des fleurs, des cacahuètes, des tranches de pastèque, des gamins ouvraient les portières, ciraient les chaussures, proposaient des billets de tombola.

Un homme qui était assis près de Dupuche lui adressa la parole en anglais et voulut lui offir à boire. Déjà ivre, il s'obstinait à chercher dans sa mémoire quelques mots de français appris dans le Nord pendant les derniers mois de la guerre.

— Amiens... Compiègne... répétait-il.

Puis il expliqua qu'il se rendait à Tahiti où il voulait acheter une île et la cultiver.

Il avait si peur de rester seul qu'il se raccrochait à Dupuche et lui parlait en le tenant par les épaules.

— Chicago, connaissez?

— Non.

— New Orleans, connaissez?

— Non plus...

Il se désespérait de ne pas pouvoir mieux s'exprimer et c'est en vain que Dupuche lui répétait qu'il comprenait l'anglais.

Son discours, en tout cas, dut signifier que,

depuis qu'il avait quitté Chicago il était ivre et qu'il voulait le rester jusqu'à Tahiti, de façon à ne pas souffrir de l'ennui du voyage.

Le barman faisait à Dupuche des signes d'intelligence. L'Américain tirait des banknotes de sa poche, en jetait sur le comptoir et entraînait son compagnon.

— Tahiti!... Magnifique, Tahiti!... connaissez!... Nice!... magnifique aussi!... connaissez?

Ils entrèrent dans un autre bar et burent encore. Mais là le Yankee faillit se fâcher parce qu'on ne lui servait pas d'olives.

— Vous êtes avec lui? demandait-on à Dupuche.

— Non... Je ne le connais pas...

— Vous savez sur quel bateau il est?

On questionnait en vain l'ivrogne qui réclamait des olives. Il ne connaissait pas le nom de son navire et, vers trois heures du matin, il finit par s'asseoir sur le bord du trottoir et par se prendre la tête dans les mains en regardant tristement ses pieds.

Il restait au moins trois cents dollars dans sa poche et Dupuche se demandait s'il devait les prendre.

— C'est un bateau qui est arrivé aujourd'hui? questionnait-il.

— Cela m'est égal...

— Il faut que vous rentriez à bord... Essayez de vous rappeler le nom...

Des gens s'arrêtaient. Quelqu'un dit .

— Pour Tahiti, c'est le *Ville-d'Amiens*, qui vient d'arriver. Il repart cette nuit...

Alors Dupuche poussa son compagnon dans une voiture, arriva avec lui au port, s'informa.

— Le *Ville-d'Amiens?* Il est en train de lever l'ancre...

On embarqua l'Américain dans une vedette qui fonça dans le noir tandis que Dupuche restait seul sur le quai, ahuri comme si l'aventure lui fût arrivée à lui.

Il voulut aller dire bonjour à Lili et il entra à l'*Atlantic,* mais elle était attablée avec un étranger et elle se contenta de lui adresser un sourire.

Il était marié. Et sa femme était à l'autre bout du canal! Il n'était pas triste, non! Mais cela lui faisait quand même quelque chose, surtout à cette heure-ci, et il se répétait le mot du Yankee.

— Tahiti... Magnifique!...

A Amiens aussi tout le monde l'enviait parce qu'il partait pour l'Amérique du Sud. Tahiti, ce devait être le même mirage. N'empêche qu'il avait mal au cœur chaque fois qu'un bateau partait dans n'importe quelle direction. Cela lui faisait surtout mal de voir les passagers... Des gens en blanc, sur un pont bien propre... Des gens qui souriaient, car les passagers sourient toujours et on sent qu'ils vont passer des jours sans souci, à errer de la salle à manger au salon et du salon au bar, à jouer au bridge ou à des jeux de pont aussi simples et naïfs que des jeux d'enfants...

Et les escales! On s'interpelle! On se groupe! On regarde avec des jumelles le quai qui se rapproche. On s'informe de la valeur des monnaies et on s'amuse de tout, du nègre qui vous tend des cartes postales et du chauffeur qui parle un drôle de charabia, de l'uniforme des douaniers et de la forme des voitures...

Il rentra à l'hôtel et trouva Jef attablé avec deux des clients du soir. Ils ne parlaient même pas. Ils prenaient le frais en regardant devant eux et on désigna une chaise à Dupuche.

Il devait en être ainsi tous les jours comme chez Monti, à la différence qu'ici c'était mieux éclairé et plus propre et que la clientèle n'était pas noire.

Dupuche commanda une anisette à l'eau, en se laissant tomber sur la banquette.

Il se demanda un instant ce que ses compagnons attendaient, mais un peu plus tard deux femmes arrivèrent et il comprit.

— Je n'en peux plus et j'ai faim! dit l'une.

Quant à l'autre, elle embrassa un des hommes et s'assit sans rien dire.

— Deux gratinées!

Jef regarda Dupuche, qui faillit rougir d'être deviné.

— Je parie que tu mangerais bien une soupe à l'oignon aussi. Trois, Bob!

133

— Beaucoup de monde?

— Presque personne sur le bateau français...
Deux ou trois fonctionnaires avec leur femme... Il
y a même un couple qui est passé en traînant un
gosse par la main... Puis le bateau du Chili...
Toujours la même chose... Avec leur change... Ils
ne peuvent rien faire... Ils demandent :

— « Cela fait combien de pesos? »

Et on bâillait. Jef se tenait un peu renversé en
arrière, comme pour étaler plus confortablement
son ventre, et la patte de sa chemise sortait du
pantalon.

— Berthe n'a plus rien dit?

— Si elle s'était permis de l'ouvrir, je crois que
je lui aurais crevé un œil!

C'était une petite blonde qui parlait, une petite
blonde de quarante ans, au visage déjà ridé. Il y
avait eu des histoires. Auparavant, cette Berthe
dont on parlait faisait partie du groupe de chez
Jef, mais une bataille avait éclaté à propos d'un
Anglais à qui elle avait raconté des choses sur sa
voisine.

— Dédé est embêté!...

Dédé, l'homme de Berthe qui, par le fait, ne
pouvait plus venir faire sa partie chez Jef.

Voilà comment ça se passait! les deux bannis
devaient à cette heure souper dans un petit
restaurant tenu par un Allemand.

La soupe était bonne. Dupuche s'en régalait.

— On trouve du vrai fromage de gruyère? s'étonna-t-il.

— Parbleu!

Et la femme de remarquer :

— Vous êtes belge?

— Non... Pourquoi?

— A cause de votre accent... Vous êtes du Nord, alors?

— D'Amiens...

— J'ai connu un type qui tenait un café près du canal...

Dupuche ne connaissait pas les petits cafés du canal. Il s'en excusa.

— C'est vrai que vous allez faire les bateaux?

— Je vais essayer...

— Alors, attention de n'emmener personne chez Berthe! Chez Isabelle ou chez moi... Nous deux, on s'arrange toujours...

Isabelle était brune, avec un long nez mince. Elle approuvait. Et le temps passait, dans l'odeur de soupe. Dupuche allumait une cigarette. Son voisin bâillait.

— Si on allait se coucher?

Ils n'habitaient pas l'hôtel, mais ils avaient une chambre meublée dans le quartier.

Quant à Jef, il en avait encore pour deux heures à garder la maison ouverte, ce qui ne l'empêcherait pas d'être debout le premier. Il ne dormait pas trois heures par nuit, c'était connu. De temps en temps seulement, en plein jour, sur sa chaise, il fermait les yeux pendant quelques minutes et il prétendait que cela lui suffisait.

— Ta chambre est au premier, la troisième porte... dit-il à Dupuche... Tu trouveras les cabinets au fond du couloir...

Il ne savait pas s'il devait serrer la main à tout le monde. Il le fit et on le regarda s'éloigner.

Et après? Le *Ville-d'Amiens* était en train de franchir le canal au ralenti, avec son projecteur braqué sur la rive, le commandant et le pilote sur la passerelle, les passagers endormis, y compris le Yankee à qui le type de la vedette avait peut-être chipé ses trois cents dollars.

Pourquoi pas?

VII

Il était très tard quand Lili rentra avec un homme, car Dupuche eut à peine le temps de se rendormir pour être réveillé par un rayon de soleil qui atteignait juste son oreiller et on chuchotait toujours à côté, tandis qu'un réveille-matin éclatait à l'étage au-dessus.

Il était six heures et Dupuche, les yeux mi-clos, pensa qu'il y avait un premier train à sept heures dix. Mais Véronique pourrait-elle le prendre? Monti lui avait-il déjà fait la commission? Avait-elle eu le temps de réunir ses effets?

Il se leva quand même, se rasa, s'habilla sans ressentir de fatigue de cette nuit presque sans sommeil. Un concert de bruits nouveaux remplissait le fond de l'air, mais les sirènes des bateaux et le grincement des grues dominaient plus encore qu'à Panama. Par contre, il n'y avait ni le tramway, ni les petites voitures à chevaux convergeant vers le marché.

Au-dessus de lui, le plancher tremblait sous les

pieds nus et quand Dupuche arriva en bas, Bob, le mulâtre, venait d'allumer le percolateur. On dut ouvrir les volets exprès pour lui. La rue était vide et jusqu'à la gare Dupuche ne rencontra que deux policiers américains.

L'horloge marquait sept heures moins dix. Il était en avance. Il se promenait sur le quai, regardait de temps en temps le bout de la voie.

Véronique était dans le train, il l'aurait juré! Mais il eut quand même une bouffée de joie quand il la vit passer dans la première voiture, une voiture de troisième classe, ouverte des deux côtés, où elle se tenait bien sagement avec des paquets sur les genoux.

— Puche! cria-t-elle en levant la main.

Il dut se contenir pour ne pas l'embrasser là, sur le quai, dans la cohue des fonctionnaires américains qui bousculaient la négresse. Il était content. Elle riait, lui passait les paquets, toute fière qu'il y en eût beaucoup, qu'il y en eût encore.

— Comment as-tu fait pour porter tout ça à la gare?

— Maman et papa sont venus...

Ils avaient dû quitter la maison du tailleur à cinq heures du matin, tous les trois, chargés des colis et des valises, et Dupuche imaginait la tête de Bonaventure qui les voyait passer et repasser dans sa boutique!

— Attends! On va laisser les bagages à la

consigne. Tout à l'heure, je demanderai à Jef ce qu'il faut faire...

Il remarqua alors qu'elle avait un nouveau chapeau, rouge comme une fraise. Elle gardait à la main un paquet enveloppé de papier gris et, quand il voulut le lui faire abandonner, elle protesta :

— Non! Ce sont mes affaires...

Leurs pas résonnèrent dans les rues. Nique questionnait :

— Tu as déjà trouvé une chambre?

— Un peu plus loin...

Car il apercevait l'hôtel et même Jef en manches de chemise qui venait prendre l'air sur son seuil. Jef les avait vus aussi, et il ne bougea pas tandis que Dupuche, sans savoir pourquoi, prévoyait des désagréments. La distance diminuait. Jef mettait un minuscule cachou sur sa langue épaisse et enfouissait la boîte jaune dans la poche de son pantalon.

— Bonjour... dit Dupuche en arrivant devant lui.

Jef s'effaça pour le laisser passer, sans rien dire, puis il entra et ferma la porte au nez de Véronique. Dupuche ne s'en était pas aperçu. Quand il se retourna il balbutia :

— Où est-elle?

Et l'autre, tout près, monumental, dur comme une statue, le regardait avec de gros yeux, faisait tourner son index sur son front.

— Eh bien! quoi?

— Tu n'es pas fou, non?

— Parce que j'ai fait venir Véronique?

— Je ne sais pas si elle s'appelle Véronique. Ce que je sais c'est que c'est une négresse et que je ne veux pas de ça chez moi. Je te prenais pour un nigaud, mais pas à ce point-là! T'as déjà vu un de nous autres avec une guenon comme elle? T'as déjà vu un blanc s'afficher dans la rue avec une moricaude? Et tu crois qu'après ça on te parlera encore?

Dupuche prit son chapeau de paille, qu'il avait posé sur une table et murmura simplement :

— C'est bon...

— Où vas-tu?

— Je ne sais pas...

Il avait déjà ouvert la porte que Jef le rappelait :

— Écoute! Cela ne veut pas dire que tu ne puisses pas revenir ici, tu comprends? Mais tout seul...

Véronique s'était assise sur le seuil, un peu plus loin, son paquet sur les genoux. Elle se leva en voyant Dupuche, lui emboîta le pas comme une petite marionnette et soupira enfin :

— Ça n'a pas collé, je parie!

— Il vaut mieux que j'aille toute seule, lui avait-elle dit. Pour toi, ce serait plus cher...

Elle avait emporté le paquet qui devait contenir sa robe verte et un peu de linge. Dupuche s'était installé dans une crémerie où l'on vendait des glaces, au coin du boulevard, et il y avait déjà près d'une heure qu'il attendait.

Il était à la frontière du quartier nègre, mais celui-ci était moins sombre qu'à Panama, sans doute parce que la ville était neuve, les rues très larges et la chaussée en macadam. La crémerie toute blanche sentait la vanille.

Plus loin, dans un terrain vague, pendaient des centaines de draps de lit, de chemises, de caleçons de tous modèles, et Dupuche apprit qu'en trois ou quatre heures on blanchissait le linge des bateaux.

Des négrillons, des petites négresses, les unes noires, les autres café au lait, certaines presque blanches, s'en allaient à l'école et regardaient Dupuche manger une glace au citron.

Quant à Véronique, elle devait déjà être loin. Il l'avait vue entrer dans une maison, puis dans une autre, dans une troisième et depuis longtemps elle avait contourné le bloc.

Quand elle revint, ce fut en courant, et elle se laissa tomber sur une chaise de la crémerie, haleta sans reprendre son souffle :

— J'ai trouvé, Puche!

Elle n'avait plus son paquet.

— Chez des gens de la Martinique, peut-être

des cousins de mon père, car ils s'appellent Cosmos aussi...

Elle accepta une glace qu'elle lécha d'une langue souple.

— Tu vas voir, Puche... C'est beaucoup plus joli que chez Bonaventure...

La maison était neuve, peinte en vert tendre, et le nègre du rez-de-chaussée réparait les bicyclettes. Leur chambre, au premier, était tendue d'un papier où des paons faisaient la roue, et il y avait un petit lit en fer, une toilette, une table, un porte-manteau et un miroir.

— Tu es content, Puche? C'est seulement dix dollars. J'ai payé un mois d'avance... Tu veux l'amour, Puche?...

Elle était déjà assise au bord du lit et retirait sa robe sous laquelle elle n'avait qu'un petit cache-sexe de coton blanc.

Il passa le lendemain devant Jef, qu'il aperçut dans son café avec deux hommes et il n'eut pas le moindre regret, au contraire! Pourtant les banquettes étaient confortables et on mangeait bien. Par surcroît, on ne lui aurait pas réclamé sa note tant qu'il n'aurait pas d'argent.

N'empêche qu'il avait le même sentiment que quand il était parti de Panama : un sentiment de délivrance! En quittant Panama, il se libérait des

Colombani, de la place ombragée, d'où il voyait Germaine à la caisse et même des Monti qui étaient très gentils aussi, mais dont la seule présence lui enlevait ses moyens.

Dès le premier jour, ces gens-là l'avaient encadré et depuis lors il était resté comme leur prisonnier. Sans le vouloir, il leur rendait compte de ce qu'il faisait. Et ils jugeaient! Et ils critiquaient! Et ils poussaient des soupirs qui en disaient long.

C'était simple. Ils n'avaient aucune confiance en lui, pas davantage Eugène, plus aimable pourtant que les autres. Ils lui donnaient un coup de main par habitude, peut-être à cause de Germaine.

Au fond, ils attendaient la catastrophe. Sous quelle forme? Dupuche l'ignorait. Croyaient-ils qu'il se suiciderait un soir de cafard? Ou qu'il se glisserait à bord d'un bateau comme passager clandestin? Ou qu'à force de se ronger il échouerait à l'hôpital?

— *Basta!* comme disait Véronique.

Et cela voulait dire des tas de choses. Cela signifiait :

— Ça va!... C'est assez!... Laisse ça tranquille!...

Eh bien! oui, Basta! il était mieux à Colon et les autres au bout du canal. Et il valait mieux aussi qu'il ne restât pas sous la tutelle de Jef. On lui avait fait vendre des saucisses et il avait obéi.

Maintenant encore, à tout hasard, il suivait les conseils de Jef, mais sans emballement, sans y croire. Il marchait vers le port. Sur le *pier,* un policier lui désignait sa cigarette qu'il écrasait sous son talon. Un bateau de la *Grace Line,* qui venait de New York et descendait jusqu'à Santiago, achevait de s'amarrer à quai et les grues levaient déjà leurs bras dans le ciel.

Au-dessus du bastingage, un rang de têtes d'hommes et de femmes : les passagers qui allaient se précipiter à terre, courir les bazars et les bars pour repartir dans l'après-midi.

La passerelle touchait à peine le quai que Dupuche était emporté par le flot de nègres et de mulâtres qui montaient à l'assaut. Il y avait de tout, des marchands de souvenirs et des dockers qui allaient s'emparer des treuils, descendre dans les cales pour décharger le fret et en charger d'autre.

Quand Dupuche s'arrêta, il était près des passagers, qui pour la plupart, prenaient des photographies.

On ne lui demanda pas ce qu'il venait faire à bord. Comme son complet blanc était correct, qu'il portait faux col et cravate noire, on dut le prendre pour un passager aussi, peut-être pour un agent de la compagnie ?

Il y avait dans l'air une légèreté de vacances. Une jeune fille entre autres, une Sud-Américaine, sans doute, ne tenait pas en place et elle entraîna deux amies vers le quai, arrêta gaiement un long taxi découvert.

Dupuche hochait la tête. Il ne s'était pas trompé en pensant que cela n'irait pas. Il cherchait en vain une victime, hésitait à adresser la parole à un petit vieillard à cheveux blancs qui paraissait moins pressé que les autres.

— Vous n'allez pas en ville?

Et l'autre qui avait des yeux transparents, le regarda sans se donner la peine de répondre. Un Anglais, évidemment! Un personnage important car, quelques minutes plus tard, on le photographiait et des journalistes lui prenaient une interview.

Le déchargement était commencé. Dupuche errait sur le pont en cherchant encore, par acquis de conscience, mais il finit par s'accouder au bastingage avant, d'où son regard plongeait dans la cale béante.

Tout au fond, cinq nègres s'affairaient autour d'une auto qu'ils cernaient de filins d'acier. Sur le gaillard d'avant, en face de Dupuche, un petit Espagnol était assis sur un pliant, devant les tambours du cabestan, les pieds posés sur des pédales, les mains sur des leviers, comme un chauffeur d'auto.

Il se penchait pour regarder dans la cale. Le contremaître qui s'y trouvait lança un appel et le cabestan grinça, le filin s'enroula au tambour, l'auto quitta son appui et se balança en tournant dans le vide.

On s'y reprit à trois fois et la voiture, après avoir décrit une courbe dans l'air, alla se poser sur le quai où un chauffeur en livrée la mit en marche et où le vieil Anglais vint y prendre place avec un compagnon.

Il y avait d'autres autos dans les flancs du navire, des autos neuves dans des caisses monstrueuses, et comme le pont-promenade était désert, Dupuche restait là, à suivre la manœuvre.

Une des caisses se coinça au moment d'émerger du panneau. L'homme qui commandait le cabestan se pencha davantage, hurla des ordres, exécuta deux ou trois manœuvres et soudain poussa un cri d'agonie.

On n'avait rien compris, même Dupuche qui le regardait, et c'était étrange de le voir s'agiter, se tordre, se jeter en tous sens en gardant un bras au cabestan comme s'il eût été pris dans un piège.

C'était cela d'ailleurs. Un officier accourait, donnait des ordres. Les gens du quai entendaient les cris sans rien voir et restaient là, la tête levée. Dupuche ne pouvait pas intervenir, car il n'y avait aucun moyen de passer du pont-promenade au gaillard d'avant.

— Attention !...

La caisse de l'auto redescendit de quelques centimètres, tandis que se déclenchait le vacarme du cabestan. L'officier manœuvrait les commandes cependant que soudain l'Espagnol roulait par terre, inerte, éclaboussé de sang.

Le reste fut rapide et confus. Un groupe s'était formé. Le médecin du bord devait être là et déjà, du hangar, sortait une auto d'ambulance.

Plus un cri. Des piétinements, des ordres donnés d'une voix sourde, puis la civière qui descendait du navire et qu'on hissait dans la voiture.

Un matelot braquait son jet d'eau sur les flaques rouges et les nègres, dans la cale, attendaient toujours, sous la caisse suspendue.

— Qu'est-ce qu'il a eu? demanda Dupuche à un officier qui s'arrêtait près de lui.

— La main a été écrasée sous le câble. Il reste des morceaux de doigts collés au tambour.

Le silence continuait, dans le soleil. Les dockers allaient s'asseoir à l'ombre. Un employé accourait, sautillait, de groupe en groupe, et Dupuche se décida enfin, descendit sur le quai, chercha l'employé, affairé.

— Vous avez besoin de quelqu'un?

— On est allé chercher un remplaçant en ville... Mais, en attendant...

— Je peux faire l'affaire... Je suis du métier...

Il ne précisa pas qu'il était ingénieur.

— Allez-y! Le *Santa* a déjà une heure de retard... On vous paiera les heures doubles...

Il entra chez Jef d'une démarche nonchalante, à l'heure de l'apéritif du soir, quand tous les habitués étaient là.

— C'est toi!... grogna le patron en se retournant. Tu as trouvé des clients?

— J'ai trouvé une place, répliqua Dupuche. Qu'est-ce que je te dois, pour hier?

Et il montrait une liasse de dollars, sept ou huit, car la Société des Docks avait tenu parole et lui avait payé les heures doubles.

— Une place de quoi?

— Contremaître, au port... Ce n'est pas encore officiel... Je fais un remplacement, à la suite d'un accident qui a eu lieu ce matin... Mais je crois qu'on me gardera, car on m'a demandé de m'inscrire au Syndicat...

— Merde, alors! fit une voix de femme.

C'était Lili, qui déjeunait seulement, car elle venait de se lever. Quelqu'un pouffa de rire. Jef faillit en faire autant.

— Tu peux te vanter d'avoir mis dans le mille, toi!

Il ne comprit pas tout de suite. Il avait cru les épater et il ne réussissait qu'à déchaîner l'hilarité.

— Tu ne piges pas? T'as déjà vu un contremaître faire fortune, oui? Quel est ton poste, là-bas?

— Je conduis le treuil...

— Eh bien! tu le conduiras toute ta vie. Parce que, vois-tu, s'il y a une occasion, ce n'est pas là qu'elle viendra te chercher. On peut vendre des saucisses, des billets de loterie, ramasser des mégots dans la rue ou ouvrir les portières. Il n'y a pas de pétard, comme on dit, et ça n'empêche pas de faire fortune. Mais une fois que tu seras un *ouvrier* syndiqué...

Les maquereaux, dans leur coin, écoutaient en souriant.

— Qu'est-ce que je te dois? répétait Dupuche, qui rougissait.

— Fâché?

— Mais non...

— Bois un verre et va retrouver ta négresse, va!... Tu auras encore l'occasion de venir me demander un lit...

Et Jef se leva pesamment, prit les cartes dans un tiroir, s'approcha de ses amis.

— Et notre partie, avec tout ça?

— Il a raison, murmura Lili pour Dupuche seul. Une fois dans l'engrenage...

Comme la main! Jusqu'au soir, il était resté du sang sur le bord d'une roue dentelée.

Dupuche but quand même un demi, pour ne pas avoir l'air de se dégonfler, puis il se hâta vers sa maison, qu'il eut quelque peine à retrouver. Véronique était à la fenêtre, entre deux pots de fleurs.

— Je me demandais où tu étais...

Elle était allée chercher les valises à la gare et elle avait tout arrangé à son idée.

— J'ai faim, tu sais, Puche!

Il était sept heures du soir. Ils dînèrent dans un petit restaurant en planches où ne fréquentaient que des noirs et des Panaméens.

— Il y a du *sancoce*, Puche! s'écria Véronique en reniflant l'assiette de son voisin.

Et Puche mangea aussi le *sancoce*, l'antique soupe des esclaves, faite de tout, des patates douces, du yucca, du namen et des morceaux de mouton ou de chèvre.

— J'ai trouvé une place, annonça-t-il enfin. Dorénavant, nous aurons de l'argent.

Un moment il crut qu'elle allait lui répondre comme les gens de chez Jef, car elle fronçait les sourcils.

— Une place de quoi?

— De contremaître... Et encore! C'est plutôt une place d'ouvrier...

Elle parut rassurée et se remit à manger. Quand le repas fut fini, Dupuche ne savait que faire. Ils suivirent d'abord une rue, puis une autre, aperçurent la mer bordée de cocotiers et d'un peu de gazon.

On arrivait au quartier américain, constitué par des villas entourées de jardins. Certaines avaient un tennis au sol de terre rouge et c'était l'heure où on y jouait en vêtements blancs.

Véronique trottait près de son compagnon, toute raide, la tête bien droite.

— Tu sais nager, Puche?

— Mais oui.

— Moi aussi... Nous viendrons nager?

Mais il lisait un écriteau : *Plage réservée aux habitants de la zone du canal.*

C'est-à-dire aux Américains!

Il y en avait dans l'eau. Un hors-bord décrivit de grands cercles dans la baie. La brise, qui venait du large, faisait bruisser les palmes des cocotiers.

— A quoi penses-tu, Puche?

— A rien...

C'était trop vague pour être exprimé. On l'avait raillé parce qu'il avait trouvé une place de contremaître et on le regardait avec mépris quand il ne trouvait rien.

Au fond, il n'était pas à sa place chez Jef! Encore moins chez les Monti. Et moins que partout chez les Colombani.

Trois milieux différents, pourtant!

Mais était-il à sa place à l'université de Nancy? Maintenant, il se souvenait qu'il ne s'y était jamais senti à son aise. La plupart de ses camarades étaient plus riches ou plus bruyants que lui.

Plus tard, quand il allait voir sa fiancée, il se disputait avec son père!

Véronique se taisait. Peut-être réfléchissait-elle aussi à sa manière? Mais à quoi?

Et comment cela s'était-il fait, en somme? Car il se promenait avec elle après dîner et ils devaient avoir l'air d'un ménage. Il était heureux qu'elle fût là. Tout à l'heure, naturellement, ils rentreraient dans leur chambre, ils se déshabilleraient, ils se coucheraient dans le même lit...

Or, c'était une négresse! Elle n'avait pas seize ans! Et il avait une femme à lui, une femme de son pays, de sa ville, presque de sa rue, et de son éducation par surcroît!

C'était sa femme qui restait à l'autre bout du canal, et Véronique qui venait le rejoindre!

— Tu aimerais peut-être mieux habiter un autre quartier? dit soudain Véronique.

— Quel quartier?

— N'importe où, mais pas le quartier nègre.

— Pourquoi dis-tu ça?

— Je ne sais pas... Tu pourrais venir me voir...

— Non!

Les passants les regardaient. Seuls les Américains, choqués, préféraient ne pas les apercevoir.

Il avait dit non, simplement, sans avoir besoin de réfléchir. Tant pis! Il en avait assez de tous ces blancs qui lui donnaient des conseils et qui prétendaient lui apprendre à vivre. Véronique n'avait pas besoin de comprendre!

Et, même, c'est lui qui lui prit le bras pour continuer à marcher. Ils tournaient à droite. Ils

suivaient un boulevard où tintait la sonnette
d'un cinéma.

— Tu voudrais y aller, Nique?

— Et toi?

Ce n'était pas du tout comme à Panama. En
vingt-quatre heures, leurs relations avaient
changé.

Et, même dans l'obscurité, cela lui faisait
plaisir de sentir la gamine près de lui. Tout à
l'heure, en se couchant, ils se diraient bonsoir.

Il n'avait jamais dormi vraiment avec elle!

— Tu t'amuses bien, Nique?

Il cherchait sa main et la lui serrait furtivement du bout des doigts.

Le film cessa quelques secondes plus tard.
L'écran devint d'un blanc jaunâtre et Dupuche
crut voir une larme dans les yeux de Véronique.

Il est vrai qu'elle se hâta de dire :

— C'est un film triste!

VIII

Il y avait une façon fort simple de s'apercevoir qu'une année s'était écoulée : c'était la troisième fois que le bateau qui avait amené les Dupuche, le *Ville-de-Verdun*, passait par Cristobal. Or, ses voyages avaient lieu de quatre en quatre mois.

La première fois, Dupuche s'était fait remplacer et il avait regardé le navire de loin, puis, dans les rues, il avait croisé des gens qui parlaient le français.

La seconde fois déjà il avait pris son poste comme il le faisait sur les autres navires, avec ses lunettes sombres et son grand chapeau de raphia. C'était toujours la même chose, toujours les mêmes silhouettes, la même bousculade pendant qu'on commençait par sortir les sacs de courrier.

De sa place, Dupuche voyait tout, les passagers qui débarquaient, l'agent de la compagnie qui, la serviette sous le bras, entrait chez le commandant — cigares et apéritifs — le gros Kayser, un Hollandais, qui descendait dans les cuisines à la recherche du chef et du maître d'hôtel pour prendre les commandes...

Après le courrier, on débarquait les malles d'un ou deux passagers qui descendaient et qui s'impatientaient sur le quai, grimpaient dix fois à bord pour s'assurer qu'on ne les oubliait pas, enfin les caisses, du vin, du champagne, des apéritifs, si c'était un bateau français; des autos sur les navires de New York ou de San Francisco; des caisses de toutes les formes, mais qu'on connaissait d'avance parce que c'était toujours le même trafic.

Venait le tour du gros Kayser qui amenait son wagon à quai et on embarquait la glace, des quartiers de bœuf et de mouton, les légumes et les fruits pour la traversée.

Pendant ce temps-là, les passagers, à la queue leu leu, couraient le long des boutiques, dans le soleil, avec la peur de rater l'appareillage.

Il n'y eut pas, cette fois-là, un seul officier du bord pour reconnaître Dupuche, qui avait pourtant vécu trois semaines avec eux. Le commandant était changé, mais les autres étaient les mêmes et le maître d'hôtel eut seul un froncement de sourcils en apercevant l'homme au cabestan.

— T'es français? lui demanda un matelot.

— Oui.

— Ah!

Rien d'autre!

Ce fut à la quatrième fois que Jef vint à bord pour faire Dieu sait quelle commission et boire avec les officiers. De la passerelle du commandant, il désigna Dupuche que les autres regardèrent curieusement et qui ne broncha pas.

Cela lui était égal! On pouvait le regarder! On pouvait murmurer :

— *C'est un ingénieur français qui...*

D'ailleurs, il n'entendait rien au milieu du vacarme qu'il déclenchait. Et maintenant, même en ville, il devenait un peu dur d'oreille.

Souvent Véronique, qui n'avait rien à faire, se promenait sur le *pier*, parmi les wagons et les chariots électriques, mais on ne lui permettait pas de monter à bord. Elle grignotait toujours quelque chose, une banane ou des cacahuètes; elle chipait des fruits dans le wagon de Kayser qui l'engueulait sans conviction et la traitait de sale guenon.

On aurait pu aussi marquer cette année-là par d'autres étapes. Par exemple — c'était à peu près quatre mois après son arrivée à Cristobal — le soir où Dupuche était rentré chez lui et où il avait trouvé une machine à coudre.

Nique le regardait en croyant qu'il allait manifester sa joie, mais il avait grommelé :

— Qu'est-ce que c'est que ça?

— Une machine à coudre!

Il le voyait bien parbleu! Elle trônait bien en évidence, comme un objet d'ornement.

— Un voyageur de commerce est passé... On donnera seulement dix dollars tous les mois...

Il gagnait cinq dollars par jour et, après la machine à coudre, la série continua : une cage avec un canari; un couvre-lit de soie rose; une table ronde en acajou, achetée d'occasion...

— Tu n'es pas content, Puche?

Il préférait ne pas répondre, et même ne pas se questionner là-dessus.

Il y eut aussi, le sixième mois, l'histoire du nègre. Derrière la chambre existait un petit réduit qui prenait jour sur la cour. Dupuche était rentré de bonne heure, n'avait trouvé personne.

— Nique!... appelait-il, déjà inquiet.

Et il l'avait découverte enfin, dans une sorte de placard, faisant l'amour avec un gamin de quatorze ans, le fils des gens d'en bas.

— Il ne faut pas te fâcher, Puche!... Ce n'est rien...

Jef l'avait prévenu! Souvent, quand Dupuche passait il l'interpellait, de son seuil.

— Pas encore dégoûté du métier? ni de la petite? Dis donc, vieux, tu ferais bien de la surveiller. Il n'y a que les autos qui ne soient pas encore passées dessus...

Dupuche la questionnait parfois.

— C'est vrai que tu me trompes?

— Oh! Puche...

Elle crachait dans sa main, faisait éclater la

salive du bout de son index, jurait qu'elle ne l'avait jamais trompé.

Et les jours avaient passé quand même, étaient devenus des mois, qui s'étaient mis bout à bout pour former une année.

« *Mon cher Joseph,*

« *Ta dernière lettre ne me rassure pas. D'abord, tu ne me parles pas de ta santé. Enfin ton beau-père raconte toujours des choses qui me font peur. Il paraît que c'est ta femme qui doit travailler parce que tu n'as pas de situation...*

« *...Si je savais que c'est nécessaire, je vendrais ma maison...* »

La petite maison dont elle habitait le premier étage, tandis que le loyer du rez-de-chaussée lui permettait à peu près de vivre! C'était si loin!

Germaine devait écrire plus souvent que lui à son père et celui-ci, naturellement, n'avait rien de plus pressé que de courir chez madame Dupuche.

Parfois, quand il rentrait, Dupuche trouvait Eugène Monti assis dans le rocking-chair — car on avait acheté un rocking-chair — et Véronique, ces jours-là, avait sa petite figure tirée par l'inquiétude.

— Ça va toujours?

— Ça va...

Monti affectait une gravité d'ambassadeur. On

158

sentait qu'il n'était pas là pour son compte, ce qui le mettait mal à l'aise.

— Le métier n'est pas trop dur? Tu ne regrettes pas Panama et tes saucisses?

Il mettait du temps à y arriver, mais il y arrivait pendant que Nique, du regard, demandait à Dupuche si elle devait rester ou aller dans la rue.

— A propos, tu n'as encore rien décidé?

C'était la périphrase consacrée et elle voulait tout dire.

Dupuche comptait-il aller voir sa femme à Panama? Comptait-il encore retourner en France et avait-il trouvé de l'argent? Ou encore...

Oui! Parfaitement! Il y avait autre chose, qu'il feignait de ne pas comprendre.

— On lui a dit que tu es avec la petite...

Monti, qui avait l'habitude du pays et des gens, s'étonnait pourtant, de visite en visite, de trouver Dupuche plus endormi. Car ce n'était pas seulement de l'indifférence. Il y avait comme du vide dans ses yeux. Il ne fumait plus. Il avait beaucoup maigri et parfois il se penchait en avant comme un vieux pour mieux entendre.

— Christian est toujours là?

— Il y est toujours.

— Je croyais qu'il devait passer six mois en Europe.

— Il a remis son voyage...

Il voyait la grande maison comme s'il y était,

Tsé-Tsé, le silencieux M. Philippe à qui il ne pensait plus maintenant qu'avec un sourire rentré. Car il l'avait compris!

Et madame Colombani, avec ses airs de belle-mère...

— Tu n'as rien à leur faire dire?

Non! Il n'avait rien à faire dire. Il irait un jour, car il le fallait bien. Cela ne pouvait pas durer éternellement de la sorte. Mais il avait tout le temps.

Une fois qu'Eugène était venu aussi, Dupuche l'avait aperçu un peu plus tard chez Jef en compagnie de Tsé-Tsé. Une autre fois, Véronique lui dit :

— Tsé-Tsé et sa femme sont passés deux fois devant la maison cet après-midi...

— Tant pis pour eux! Ils devaient être rudement embêtés!

Il le fut aussi, lui, le soir où, en sortant de chez Marco, il tomba nez à nez avec Lili qui le regarda d'une drôle de façon. Le lendemain, comme il passait sur le trottoir, Jef lui barra le passage.

— Faut que je te parle... Tu devines pourquoi, hein?

Il était plus lourd et plus puissant que jamais, avec sa plus mauvaise gueule. D'un geste épais, il toucha les paupières de Dupuche qui étaient toujours un peu rouges.

— Tu ne comprends pas?... Qu'est-ce que tu vas faire chaque jour chez Marco?... Tu n'oses pas répondre!... Mais moi, je vais te dire ceci : Jusqu'à présent, ça allait encore... Je passe sur ta chipie de négresse, qui se paie ta tête avec tous les gamins du quartier... Tant pis pour toi aussi si tu fais un métier qu'aucun blanc ne voudrait faire dans le pays!... Mais que tu commences à boire de la *chicha*...

Dupuche détourna la tête. C'était vrai! Il avait découvert par hasard la boutique de Marco, le métis, qui vendait en fraude de la *chicha de muco*, de l'alcool de maïs mâché par les Indiennes.

Le goût en était ignoble. C'était épais et trouble, presque gluant. Mais, après deux verres, Dupuche pouvait se promener à pas égaux en roulant dans sa tête des pensées agréables.

C'était le secret de M. Philippe, il en était sûr, car il était capable, maintenant, de reconnaître dans la rue un homme qui buvait de la *chicha*.

Véronique ne s'en était pas aperçue. Il ne restait qu'une minute chez Marco, le temps d'avaler ses deux verres.

— Je me fous de toi, tu comprends! lui disait Jef de sa grosse voix. Mais c'est pour nous tous!... C'est à tous les Français que ces choses-là font du tort...

— Cela me regarde...

— Hein? Répète?

— Je dis que cela me regarde...

Alors, en pleine rue, Jef lui avait flanqué sa main dans la figure et était rentré chez lui.

C'était la première fois que Dupuche était battu. Il resta un moment ahuri, atterré, puis il regarda l'hôtel de Jef, tâta sa joue, et s'en alla en grommelant.

Cent mètres plus loin, il était déjà calmé, consolé. Il pensait :

— Ils ne peuvent pas comprendre!

Parce que personne ne pouvait venir voir dans sa tête tout ce qui s'y passait! Lui-même n'y avait pas encore mis d'ordre. Mais il y avait des coins très clairs, réconfortants comme les rêves du petit matin, puis des endroits encore nébuleux.

Par exemple, de l'équipe de douze hommes avec qui il travaillait voilà un an, il n'en existait plus que trois.

Eh bien! des heures durant, pendant qu'il maniait ses leviers, son esprit travaillait là-dessus! Un nègre avait été tué d'un coup de couteau au cours d'une partie de dés. Un autre était mort d'insolation, sur le pont d'un bateau norvégien qu'on déchargeait. Un troisième avait eu la gangrène...

Et il en défilait! Ils allaient et venaient. Ils s'embauchaient sur n'importe quel navire pour n'importe quelle destination. Ils étaient malades et ne se soignaient pas.

C'était magnifique, quand il y avait un moment de repos, de les voir dormir sur un sac ou sur une caisse au fond de la cale!

L'un était en prison parce qu'il avait assommé le contremaître qui lui retenait un demi-dollar.

Et un autre, chaque fois qu'une passagère le regardait, soulevait avec des gestes de singe l'espèce de pagne en toile rouge qui lui tenait lieu de pantalon.

Les Cosmos, les parents de Véronique, avaient eu sept enfants et il n'en restait que deux : Nique et un frère aîné qui devait être quelque part du côté de la Nouvelle-Orléans, car il était parti sur un bateau qui s'y rendait, et on n'avait jamais eu de ses nouvelles.

Nique le trompait, il le savait maintenant. Elle jurait toujours que non.

Et elle avait fini par arranger la chambre comme une chambre de partout, avec des napperons, un phonographe et des fleurs dans les vases!

Qui est-ce qui aurait pu comprendre ces choses-là comme lui? Il ne se fâchait jamais. Il n'en voulait à personne, même s'il pensait à la rue ensoleillée d'Amiens où il traçait des cercles à la craie sur le mur de l'école pour tirer avec un fusil à air comprimé.

M. Philippe non plus ne disait jamais rien. Il avait les mêmes yeux qui semblaient vides, parce qu'ils regardaient en dedans!

Quand Dupuche avait bu ses deux verres de *chicha*, il traversait la voie du chemin de fer, à côté de la gare. Il subsistait une bande de sable entre le talus et la mer, à cent mètres à peine de la rue bétonnée et des grands bazars.

Et là, il y avait des huttes, quatre exactement, des huttes pareilles à celles du centre de l'Afrique.

On n'était plus à Panama, ni en Amérique Centrale. On n'était nulle part : en plein air, parmi l'herbe et le sable gris, de vieilles caisses devenaient des tables et des enfants tout nus se traînaient par terre.

Quatre familles de pêcheurs, des nègres, campaient depuis des années et avaient fondé une cité à part que les lois ne devaient pas atteindre.

Ils possédaient des pirogues, de vieilles barques, des filets et des lignes de fond. Ils possédaient même un chien sans un poil sur le corps, un chien rose et noir, tout nu, comme les cochons du pays.

Ils dormaient, ils regardaient la mer. De temps en temps, ils poussaient une pirogue à l'eau et on les voyait flotter dans l'éblouissement de la baie.

Dupuche, en se promenant notait tous ces détails, jetait un coup d'œil à l'intérieur des huttes, domaine du merveilleux.

Mais cela ne regardait personne, pas même Véronique qui n'aurait pas compris. Il s'en allait, de son pas égal, un peu saccadé comme celui de M. Philippe. Les Levantins qui raccrochaient les passants le dégoûtaient. Il ne mettait plus les pieds chez Jef, qui cependant avait l'air de ne pas se souvenir de la gifle.

Jamais non plus il n'allait dans un de ces bars où des matelots sont accoudés avec des femmes comme Lili qui les poussent à la consommation.

Ce qu'il préférait, une fois rentré chez lui, c'était s'asseoir sur la véranda, les coudes sur la balustrade, et regarder dans la rue. Il pouvait rester ainsi des heures tandis que Véronique, couchée sur le lit, les bas en tire-bouchon, la robe fripée, jouait dix fois le même morceau de phonographe.

Quelquefois elle demandait :

— Tu es content, Puche?

— Mais oui! répondait-il avec impatience.

Non pas parce qu'il n'était pas heureux, mais parce qu'il ne savait pas, parce que ce ne sont pas des questions à poser. Il gardait toujours dans la tête comme un reste de vacarme de cabestans, mais il s'y était habitué.

— Si nous allions au cinéma?

Il y allait pour lui faire plaisir. Il avait horreur des films où l'on voit des salons, des autos, des yachts, cinquante ou cent girls dans une boîte de nuit aussi vaste qu'une cathédrale.

Le matin, il avait de la peine à se réveiller et pendant une heure au moins il restait engourdi, gagnait le port dans une demi-somnolence, cherchait le bateau qui lui était désigné.

La chose la plus banale, la plus bête de toutes :

les sacs de courrier, les bagages, les marchandises... Les passagers avec leurs appareils photographiques... Et les conciliabules entre le maître d'hôtel et Kayser, les quartiers de viande, les légumes et les fruits.

Un des maquereaux était rentré en France avec sa femme, la petite maigre qui avait l'air d'une couturière pauvre, et ils avaient offert l'apéritif à bord à tous leurs amis. Ils devaient se livrer à une contrebande quelconque car Jef, qui était venu aussi, avait tiré un paquet de son pantalon et le maquereau était allé le porter au chef mécanicien, dans un coin du gaillard d'avant.

Il y avait eu le cap de la nouvelle année à franchir. Dupuche avait écrit à sa mère, et même à sa femme.

« Ma chère Germaine,

« Je te présente mes meilleurs vœux pour l'année qui commence et j'espère qu'elle te sera plus favorable que celle qui finit. Je t'embrasse.

« Ton mari, Jo. »

Véronique avait demandé à aller chez ses parents, à Panama, et elle avait sollicité cette permission comme une servante, était partie avec une foule de petits paquets qui contenaient des friandises...

Quant à lui, il savait qu'on disait chez Jef, tout comme à l'hôtel de Tsé-Tsé :

— C'est un homme coulé...

Un raté, quoi! Un mot dont il avait tellement peur quand il était étudiant et qu'il préparait un examen! Comme sa mère avait toujours eu peur d'être un jour sans argent! Une peur congénitale...

— S'il arrivait quelque chose à ton père...

Quinze ans durant elle avait rogné sur les moindres dépenses, jour après jour, pour payer sa petite maison et, depuis qu'elle l'avait, elle ne rêvait que d'y ajouter un étage, car cela permettrait un locataire de plus.

— Dupuche? Fini! Raté...

Il se souvenait de Lamy, qui était peut-être guéri de son coup de bambou. Car, en France, on en guérit. On repique une crise de temps en temps, puis on reprend la vie normale. Lamy devait dire aussi :

— Celui qui est allé là-bas pour me succéder a sombré en moins de deux...

Ce jour du nouvel an, comme il était seul et qu'il ne travaillait pas, il but quatre verres de *chicha* et ses logeurs le virent rentrer hagard.

Pourquoi pensa-t-il à cette jolie robe nationale, la *bolliera* que Germaine avait louée ou achetée pour son premier bal à Panama? Le tulle était brodé de grandes fleurs roses...

Le lendemain, Véronique qui lui avait apporté un gâteau, lui dit :

— J'ai rencontré ta femme...

Et elle ajouta malgré elle :

— Elle est belle!... Elle était dans l'auto du ministre, avec Christian et une autre dame... Ils avaient l'air d'aller à une cérémonie...

Peut-être chez le président de la République? Pourquoi pas? Mais elle devait être ennuyée! Elle devait se demander ce qu'il faisait au juste, ce qu'il espérait, comment il comptait arranger l'avenir.

Or, il n'en savait rien. Il y avait des jours où il la plaignait, d'autres où il était content à la pensée qu'elle enrageait.

Qui avait commencé? Aucun des deux! D'ailleurs, c'était sans importance.

Un accident était encore survenu dans l'équipe : un homme avait eu le bras écrasé entre la cloison de la cale et une auto qui se balançait. C'était un métis. Jamais Dupuche n'avait entendu crier aussi fort et on essayait de faire taire le blessé, à cause des passagers.

Une heure plus tard, on apprenait qu'à l'hôpital on lui avait coupé le bras.

Qu'est-ce qu'il y eut encore? Ah! oui, Lili était à l'hôpital aussi, avec des coliques.

Et les nègres du bord de l'eau, ceux des huttes, avaient capturé un requin de huit mètres qu'ils avaient vendu pour le cinéma. Car on tournait un film dans les rues et dans le port où on rencontrait des gens costumés en corsaires.

Un soir, en passant devant le café de Jef, Dupuche aperçut les deux frères Monti en conversation avec le patron, mais cette fois-là ils ne vinrent pas le voir.

— Ils ne t'ont pas parlé non plus? demanda-t-il à Véronique.

— Ils sont passés deux fois... Je croyais qu'ils allaient monter...

Elle menait une drôle de vie. Le matin, elle se levait la première pour lui préparer son café mais, avant même qu'il fût parti, elle se recouchait dans les draps moites, toute nue, avec sa plante des pieds plus rose et ses tétons couleur de figues.

Après, il savait qu'elle descendait en savates, une vieille robe sur la peau, et qu'elle traînait dans le quartier, son pot à lait et son filet à provisions à la main.

Ce n'est que vers deux ou trois heures de l'après-midi qu'elle était habillée et qu'elle venait le plus souvent faire un tour au port. Elle lui adressait un signe de la main, de loin, s'asseyait sur une bitte d'amarrage, causait avec un douanier ou avec un policier.

D'autres jours, quand il ne l'avait pas vue, il était sûr de trouver en rentrant cinq ou six voisines réunies chez lui à boire du thé, du vrai thé, comme les dames américaines. Elles se levaient d'une détente et s'enfuyaient à son approche.

Est-ce qu'il l'aimait moins? Est-ce que seulement il aimait quelque chose?

Il avait écrit à sa femme :

« Veux-tu être assez gentille pour m'envoyer les deux complets de laine qui sont restés dans les bagages... »

Car il avait pensé qu'il pourrait les revendre. Tout au début, il avait vaguement fait le calcul : en mettant vingt dollars de côté par semaine...

Mais combien de mois faudrait-il pour payer le voyage? Et après, en France, que ferait-il?

Il n'avait rien mis de côté. Il devait des petites sommes un peu partout. Le phonographe fut détraqué avant d'être entièrement payé.

Ce qui le préoccupait, c'était d'entendre de moins en moins. Il avait toujours été un peu dur d'oreille, mais maintenant c'était plus grave et Véronique le savait si bien qu'elle ne parlait pas, mais criait.

Un jour, à bord du bateau américain, il vit monter un de ses anciens camarades du cours de géologie qui ne le reconnut pas. Le navire allait à Guayaquil. Dupuche aurait pu s'informer. La *S.A.M.E.* était peut-être renflouée? Ou bien la mine avait-elle été reprise par une autre société financière qui allait l'exploiter?...

Il resta à son cabestan, et une heure durant, il vit le camarade, un Normand au visage sanguin, qui faisait la cour, sur le pont-promenade, à une jeune Américaine avec qui il venait de jouer au ping-pong.

Enfin il se trouva nez à nez, un soir, en rentrant chez lui, avec Eugène Monti et le père Tsé-Tsé, qui évita de lui tendre la main. Tassée dans un coin de la chambre, Véronique ne savait que faire et voulut sortir.

— Reste! lui dit-il.

Tsé-Tsé se leva et déclara :

— Dans ce cas, je m'en vais!

— Comme vous voudrez!

Mais Eugène intervint.

— Allons! Ne commençons pas à nous disputer... Écoute, Dupuche... Nous avons à te parler sérieusement... Il vaut mieux que nous soyons seuls...

Il s'obstina, pour rien, parce qu'il avait envie de s'obstiner et qu'il venait de boire ses trois verres de *chicha*. Car, depuis le nouvel an, il s'était fixé à trois verres.

— J'aurais préféré que nous soyons seuls, grommela Tsé-Tsé en se rasseyant.

Et tout, dans son attitude, disait son dégoût, son mépris. Se souvenait-il qu'il était arrivé à Panama sans un sou et qu'il avait travaillé comme garçon de café avec Jef, alors fraîchement évadé du bagne?

— Je ne sais pas si vous vous rendez compte...

— De quoi?

— Que la situation ne peut pas durer... Vous avez une femme... Elle est malheureuse...

— Vous croyez?

Il était froid, lucide, malgré la *chicha*, peut-être à cause de la *chicha*. Il devinait toutes les grimaces du vieux qui n'était pas diplomate pour un sou et qui, de tous, était le plus mal à l'aise. Véronique pleurait et, pour les faire enrager, rien que pour ça, il alla lui entourer les épaules de son bras.

— Vous disiez?

— Le ministre lui-même est indigné et, s'il le voulait, il pourrait obtenir un arrêté d'expulsion...

La menace! C'était bien combiné!

— A quel propos? fit-il sans se troubler.

Il n'avait qu'une peur : qu'on lui proposât de reprendre la vie avec Germaine! Mais Christian? Non! Ce n'était pas possible. Ils avaient une autre idée!

— Vous êtes le seul Français, ici, à vous afficher avec une négresse... Et encore, une fille qui faisait le trottoir à *California!* Vous êtes le seul aussi à vous afficher sur les bateaux, qu'ils soient français ou étrangers, dans une équipe où on ne compte que des indigènes...

Et Tsé-Tsé d'ajouter carrément :

— Vous êtes une vilaine petite crapule! C'est ça que je suis venu vous dire. J'ai pris soin de votre femme. Je l'ai empêchée d'être entraînée dans la boue avec vous et par vous. J'ai le droit.

— Viens, Véronique...

Elle n'osait pas le suivre. Il dut la bousculer. Et il marcha vers la porte avec elle, s'engagea dans l'escalier.

— Dupuche!... cria Eugène Monti, qui ne savait plus que faire.

— Foutez-moi la paix!

Véronique pleurait toujours, balbutiant :

— Puche!... Puche!... Il ne faut pas...

— Il ne faut pas, quoi?

— Je ne sais pas, moi! Ils te feront mettre en prison... Il y a aussi ta femme...

— Imbécile!

Ils marchèrent le long de la plage, sous les cocotiers bruissants, devant les villas des Américains et Véronique reniflait, finissait par sécher ses larmes.

— Tsé-Tsé fait ce qu'il veut... C'est lui qui paie les élections.

Cela lui était égal, il n'eût pas pu dire pourquoi. Il se sentait léger. Il n'avait peur de rien, pas même des coups car depuis la gifle de Jef, il savait que ce n'était qu'un court moment à passer.

— Tais-toi!

— Ils reviendront, affirma-t-elle.

— Tant pis pour eux...

S'il l'avait pu, il serait allé boire un quatrième verre de *chicha* et il se promit d'en obtenir une bouteille de Marco. C'était désagréable d'aller tous les jours dans sa sale boutique où tout le monde le voyait entrer.

Ce soir-là néanmoins, il passa devant le café de Jef et il put s'assurer que Tsé-Tsé et Eugène n'étaient pas rentrés à Panama. Ils étaient là, entourés de toute la petite bande dont Tsé-Tsé était en quelque sorte le grand patron.

— Tu vois, Nique?

— Il n'y a plus de train... J'ai peur...

Si peur qu'avant de se coucher elle tira la table devant la porte! Quand il se réveilla après s'être assoupi une heure, il la vit qui veillait toujours, assise sur le lit, dans une pose qui lui fit penser qu'elle disait peut-être des prières.

— Fais attention, Puche! lui recommanda-t-elle le lendemain matin.

A quoi? A ce qu'on ne lui fît pas tomber une auto sur la tête? Il frappa chez Marco, le métis aux grandes poches sous les yeux, qui se fit tirer l'oreille avant de lui servir de la *chicha* à cette heure.

— Vous me ferez prendre... gémissait-il.

Et le cabestan marcha, marcha comme jadis, si vite que les hommes, en bas, ne pouvaient pas suivre et que les colis heurtaient les tôles à chaque envol.

Dupuche chercha vainement Véronique sur le quai. Elle ne vint pas. Le temps était orageux. Il voulut rentrer tout de suite, mais il fit quand même halte chez Marco.

Celui-ci le regardait drôlement. Il devait avoir quelque chose sur la conscience.

— On est venu te questionner? demanda Dupuche.

— Qui est-ce qui serait venu?

— Je ne sais pas... C'est bon!

Tsé-Tsé était encore chez Jef, avec qui il jouait au jacquet dans l'ombre de la salle déserte. Mais Eugène n'était pas là.

Dupuche hâta le pas, évita la tentation des huttes du bord de l'eau, tourna à droite et aperçut un taxi devant sa porte. Quatre ou cinq négrillons gigotaient autour. C'était un événement dans le quartier.

Il leva la tête, ne vit personne dans la véranda.

— Il y a du monde, là-haut? demanda-t-il à sa logeuse.

— Il y a une dame...

Il gravit les marches, la tête bourdonnante. Il aurait bien voulu boire quelque chose. Comme il arrivait en haut, la porte s'ouvrit, Véronique surgit, le regarda avec des yeux hébétés, cria :

— Puche!... *Elle est là!*...

Et Véronique le frôla en passant, en courant, en pleurant, s'enferma, en bas, dans la chambre de la logeuse.

Dupuche gravit les cinq dernières marches

lentement, gravement, calmement, comme dans un rêve, tourna à gauche, découvrit sa chambre, la machine à coudre, les rideaux jaunes, la théière sur la table, avec deux tasses.

— Où es-tu? demanda-t-il.

Car il savait qu'il allait rencontrer sa femme et il la trouva debout, collée à un pilier de la véranda, les deux mains sur la poignée de son sac, vêtue d'une robe qu'il ne lui connaissait pas.

Sans se presser, il referma la porte. Sans trembler, dit :

— Assieds-toi...

IX

Peut-être le sentiment dominant de Germaine était-il l'étonnement? Tout en s'asseyant sur le bord d'une chaise, elle regardait Dupuche sans pouvoir en détourner les yeux et son visage changeait d'expression, perdait son air de décision.

Quant à lui, il se lavait les mains comme il le faisait chaque soir en rentrant, mais il y mettait cette fois une lenteur affectée.

Il se taisait exprès! Il le faisait exprès aussi d'aller et venir comme un homme qui est chez lui, de baisser les persiennes à cause du soleil, de changer un bibelot de place.

— Je suis venue... commença-t-elle.

Et il répéta froidement :

— Oui, tu es venue.

Il s'assit enfin en face d'elle et remarqua :

— On ne m'avait pas trompé : tu as embelli.

C'était vrai. Du temps qu'il était avec elle, elle avait un aspect encore inachevé tandis qu'à présent, elle avait atteint sa plénitude. Plus que jamais, par le fait, elle donnait une impression d'assurance, de solidité, d'équilibre.

Elle était troublée, pourtant. L'entrevue ne s'amorçait pas comme elle l'avait escompté et elle continuait à étudier son mari avec des yeux chagrins.

— Tu as changé, soupira-t-elle enfin.

Il sourit, d'un sourire qu'il savait pénible à voir car, quelques jours plus tôt, il s'était cassé une incisive.

— On change, oui!

— Pourquoi n'es-tu jamais venu me voir à Panama?

— Ah! voilà...

Et il souriait encore, examinait sa femme de la tête aux pieds, remarquait que tout ce qu'elle portait était neuf. Elle perdait contenance, ouvrait et refermait son sac d'un mouvement machinal et lui continuait à se taire.

Il entendait les gamins jouer, dans la rue, autour du taxi. Il percevait aussi un murmure de voix, en bas, chez la logeuse, où Véronique s'était réfugiée. La chambre était rayée de clair et de sombre, car les lattes des persiennes découpaient en tranches le soleil couchant.

Un rayon atteignait la machine à coudre, dans le coin. Sur le réchaud s'enflait une bouilloire bleue et des bas traînaient sur le lit.

— Qu'est-ce que tu comptes faire? prononça Germaine, les traits durcis.

— Et toi?

On eût dit que, par crainte d'un piège, elle ne s'avançait que prudemment.

— Tu crois que nous pouvons continuer à vivre ainsi?

— Tu n'es pas heureuse?

Non seulement elle était habillée de neuf, mais elle portait une broche en or ciselé qu'il ne lui avait pas donnée, un cadeau de Christian, sans doute.

Elle prit un ton indifférent, se leva, fit quelques pas :

— C'est ridicule d'être mariés et d'habiter chacun à un bout du canal. A Panama, tout le monde sait que tu es avec une négresse.

— Toi, tout le monde sait que tu es avec Christian.

Elle se retourna d'une détente.

— Ce n'est pas vrai! dit-elle. Je te défends de m'injurier! Tu entends, Jo? Tu devrais avoir honte...

— Tu n'es pas avec Christian? répéta-t-il, placide.

— Il ne s'est jamais rien passé entre nous. Christian me respecte et tu pourrais en faire autant...

— Alors, c'est encore pis!

179

Un instant, elle se demanda s'il était ivre, tant il disait cela drôlement.

— Qu'est-ce qui est encore pis?

— Tout! Si vous couchiez ensemble, ce serait naturel. Vous auriez l'excuse de la passion. Mais, si vous ne couchez pas, c'est ridicule, et même odieux!

Elle ne comprenait pas et pourtant elle était inquiète, gênée, comme si elle eût senti qu'il y avait du vrai dans ces paroles. Il s'était levé aussi. Tous les deux marchaient, tournaient autour de la table, s'arrêtaient.

— Quelque chose comme de faux fiancés! précisa-t-il. Tu ne comprends pas encore? même la vieille Colombani qui joue déjà à la belle-mère et Tsé-Tsé qui vient en avant-garde prendre des renseignements...

Il s'exprimait mal. Dans son esprit, c'était plus clair, mais cela se traduisait plutôt par des images; l'hôtel à façade blanche, sur la place ombragée; Germaine à la caisse, une Germaine qu'on entourait de prévenances; madame Colombani venant lui dire de temps en temps un petit bonjour... Puis c'était Christian, dans son costume amidonné, les cheveux parfumés, qui s'accoudait près d'elle...

Et les repas, à la table du fond, à droite!... Des repas de famille... Et les promenades en auto, tous ensemble...

— Est-ce que tu t'es occupé de moi, au début?

riposta-t-elle. Est-ce pour mon plaisir que je me suis mise au travail?

— Pourquoi pas?

Il le pensait un peu. Elle s'était sentie tout de suite chez elle derrière la caisse et elle n'avait pas protesté quand on lui avait annoncé que son mari ne pourrait être logé à l'hôtel.

— Tu oses dire ça, Jo? Ose dire alors ce qui serait arrivé si je n'avais pas trouvé une place...

— Nous aurions peut-être crevé de faim, laissa-t-il tomber.

— Tu vois!

— Eh bien?

Il avait toujours envie de sourire. Il savait qu'elle ne pouvait pas comprendre et il s'amusait.

— Est-ce moi qui ai demandé pour quitter Amiens, où j'avais une situation?

— J'avoue que non!

— Est-ce moi qui ai voulu venir dans ces pays?

— Toujours non.

— Est-ce moi qui ai signé un contrat avec une canaille comme Grenier?

— C'est moi.

— Est-ce moi qui ai changé du tout au tout dès les premiers jours?

— Ça, non! Tu es restée exactement la même...

— Tu vois!

— C'est bien ce que je dis. Tu es toujours la

même. Tiens! tu me fais penser au jour où nous sommes allés ensemble voir le curé pour le mariage. C'est toi qui as parlé. Tu as tout arrangé, tout commandé. Tu as débattu le prix de la messe...

— C'est un reproche?

— Qui te parle de reproche? Je trouve tout cela parfait, moi!

— Alors, qu'as-tu à dire contre moi? Est-ce moi qui me suis affichée avec un nègre?

Il mit la bouilloire sur le coin du feu, parce que l'eau chantait.

— Non! Non!

— Tu avoues que tu as tous les torts?

— Si on peut appeler ça des torts. Pourquoi pas?

Elle tiraillait toujours son sac, d'énervement.

— Alors? s'écria-t-elle.

— Alors rien!

— C'est tout ce que tu trouves à me dire?

— C'est toi qui es venue...

— Je suis venue pour que nous prenions une décision...

— Quelle décision?

— Est-ce que tu comptes vivre à nouveau avec moi? Est-ce que tu as des projets? Est-ce que tu prévois le moyen de rentrer en France?

— Non, dit-il gentiment.

— Et tu prétends que je continue à être ta femme?

— Non...

Il faillit éclater de rire, tant elle était désarçonnée. Elle s'attendait à tout, sauf à ce petit *non* détaché. Le résultat était acquis trop facilement et elle s'en inquiétait.

— Tu accepterais le divorce, Jo?

— Parbleu!

Étaient-ce les nerfs qui flanchaient soudain? Elle eut les yeux voilés, puis éclata en sanglots. Quant à Dupuche, il tournait autour d'elle d'un air embarrassé.

— Pourquoi pleures-tu? Tu vois bien que j'accepte ce que tu demandes?...

Elle le regarda et pleura de plus belle tandis que, cette fois, il détournait la tête. Il avait compris son regard. Il savait qu'il avait maigri, que ses paupières étaient fatiguées. Il portait les cheveux très courts, à cause de la poussière du port et sa dent cassée achevait de le défigurer.

Peut-être pensait-elle à Lamy qui, lui aussi, affectait d'être très calme.

— Pourquoi, dès les premiers jours, m'as-tu abandonnée? demanda-t-elle en se tamponnant les yeux de son mouchoir et en reniflant.

Il constata :

— C'est toi!

— Comment, moi? Tu oses dire ça, Jo? Moi qui travaillais pour...

— Justement. Tu ne peux pas comprendre. Tu

travaillais, toi! Tu gagnais ta vie, notre vie, toi!
Tu mangeais avec les Colombani, toi!

Il se passa la main sur le front.

— Tu me laissais vendre des saucisses, toi!

Il dut s'arrêter de parler et elle se tourna vers
lui, émue, prête à un élan.

— Jo...

Il secoua négativement la tête et marcha
autour de la table.

— Tu écrivais à ton père... poursuivit-il d'une
voix sourde. Tu recevais des lettres de lui... Tu...

— Tu es injuste, Jo!... C'est toi qui, le soir,
quand tu venais me chercher et que nous nous
promenions, ne me disais rien. Tu avais l'air
d'attendre que je rentre... Tu aimes cette petite
négresse, n'est-ce pas?

Il fit un signe vague, qui signifiait qu'il ne
savait pas.

— C'est à cause d'elle que tu n'es jamais
revenu à Panama, que tu n'as pas essayé de me
reprendre...

— Je ne crois pas.

— Et maintenant, tu vas avoir un enfant...

Il leva vivement la tête.

— Qu'est-ce que tu dis?

— Tu vas avoir un enfant...

— C'est elle qui t'a raconté ça?

— Non... Mais ne me regarde pas ainsi... C'est
Monti...

Il se passa la main sur le front à deux ou trois

reprises. Il se souvenait de l'atmosphère des derniers temps, des gens qui rôdaient autour de la maison et qui interrogeaient sans doute les voisins.

— Il a même ajouté qu'elle voulait le faire partir... Tu ne le savais pas?

Il s'assit.

— Tu as encore quelque chose à me dire? questionna-t-il d'une voix changée.

Il avait hâte d'en finir.

— En somme, tu veux divorcer, n'est-ce pas? C'est entendu!

— Mais...

— Et je suppose que tu désires que le divorce soit prononcé à mes torts? C'est facile!

Il lui faisait peur. Ce n'était pas du tout comme cela qu'elle s'était figuré leur entrevue.

— Tsé-Tsé, qui connaît tout le monde et qui est influent, fera le nécessaire... Vous pourrez vous marier...

— Jo!...

— Eh bien! quoi?

Je ne sais pas... Tu m'effraies...

Parce que je dis que tu pourras épouser Christian? C'est un gentil garçon. Il t'emmènera en France...

Écoute, Jo!... Tu ne dois pas m'en vouloir... Je sais que tu vas te fâcher...

— Alors, ne dis rien...

— Je ne peux pas te voir ainsi... Promets-moi d'accepter ce que je vais te proposer...

— Non.

— J'ai mis de l'argent de côté... Si tu veux rentrer en France ou aller n'importe où...

Elle fut sur le point de pleurer de plus belle.

— Je te gêne?

— Mais non! Ne sois pas méchant, Jo! Tu ne te vois pas! Tu me fais peur...

— Je suis pourtant très calme.

— Laisse-moi te donner de l'argent pour faire quelque chose, n'importe quoi...

— Qu'est-ce que je ferais, par exemple?

— Je ne sais pas, moi!... Tu es ingénieur... Tu es intelligent... Si tu voulais.

— Mais je ne veux pas!

Il se leva, lui mit la main sur l'épaule et la poussa doucement vers la porte.

— Va!... Tsé-Tsé n'aura qu'à venir pour les papiers... Je signerai tout ce qu'on voudra...

Elle ne se décidait pas à partir et il s'impatientait.

— Va, te dis-je! Tu ne comprends donc pas que j'en ai assez? Qu'est-ce qu'il faut que je fasse pour que tu partes?...

Elle recula, effrayée.

— Va-t'en! Le taxi est en bas... Tsé-Tsé attend chez Jef...

Il ouvrit la porte, gagna le palier.

Alors, soudain, au moment de le quitter, elle se

précipita vers lui et l'embrassa sur les deux joues, en pleurant, en bégayant :

— Mon pauvre Jo!...

Il se dégagea, répéta :

— Va!

— Jo!... Jure-moi que tu ne feras pas de bêtises...

— Va!...

— Jure-le-moi... Tu ne peux pas comprendre... Tu ne te vois pas...

— Va!... Mais va, je t'en supplie!

— Oui...

Elle descendait l'escalier sans savoir comment, en se retournant, en s'épongeant les yeux.

Et lui criait déjà, penché sur la rampe :

— Nique!... Nique!... Viens...

Ouf! Il respirait mal. Il avait quelque chose de gonflé dans la poitrine. Il entendit une porte s'ouvrir et les deux femmes durent se rencontrer, en bas, dans le couloir.

— Eh bien! Nique?... Monte!

Elle montait, les yeux écarquillés. Elle montait lentement, hésitante, avec une solennité crispante.

— Entre... Qu'est-ce que tu faisais, en bas?

— J'attendais...

— Pourquoi ne m'as-tu pas dit la vérité?

— Quelle vérité, Puche?

Et elle regardait autour d'elle, comme étonnée que rien ne fût changé dans la chambre. L'auto démarrait. Dupuche ne s'approcha même pas des persiennes.

Et le soleil se couchait. Les raies brillantes s'éteignaient, ne laissant entre les murs qu'une lumière grise.

Quand l'auto fut loin seulement, il ouvrit les persiennes et on vécut dans le grouillement de la rue.

— Depuis quand es-tu enceinte?

— C'est ta femme qui te l'a dit?

— Réponds-moi, insista-t-il, nerveux.

— Depuis deux mois... Je n'en peux rien, Puche!... Tu ne l'aurais pas su...

C'était curieux de la voir là, à la même place que Germaine! Elle était si petite, si mince, si peu consistante! Il y avait surtout ces sombres yeux d'animal qui suppliaient.

— Prépare-nous à manger...

— Oui... dit-elle, heureuse de cette diversion.

Et elle ouvrit une armoire, mit du fromage sur la table, du pain, du beurre.

— Je n'ai pas eu le temps de faire mes courses... Tu as faim, Puche?

Elle n'osait pas le questionner. Elle allait chercher dans le placard une bouteille de bière.

Et lui savait que l'heure était déjà passée pour le train, que Germaine ne pourrait pas repartir, qu'elle coucherait sans doute chez Jef, où tout le monde était réuni.

— Tu ne manges pas?

Il mangea en regardant Véronique, qui ne touchait ni au pain, ni au fromage.

— Pourquoi voulais-tu le faire partir? questionna-t-il soudain, les sourcils froncés.

— Je croyais que tu serais fâché...

— Imbécile!

— C'est vrai, Puche? Tu veux bien un petit avec moi?

Et voilà qu'elle pleurait, elle aussi! C'était la première fois qu'elle pleurait et les larmes se pressaient sur ses joues, idéalement transparentes sur le noir de la peau.

— Tais-toi! ordonna-t-il en se levant.

Il en avait assez! Il avait mal aux nerfs.

— Ne pleure plus... Qu'est-ce qui te prend?

— Puche!... Il est encore temps... Je devais boire la potion demain...

Ils ne pouvaient plus rester là.

— Viens!... Allons nous promener...

— Oui, Puche...

Elle s'essuyait les yeux. Pleurnichant encore, elle saisissait son chapeau rouge qu'elle perchait ridiculement sur sa tête.

Les gens d'en bas les regardèrent passer, et tous ceux qui étaient assis sur les seuils, à prendre le frais. Véronique n'osait pas lui prendre le bras comme d'habitude. Et lui ne se dirigeait pas vers la place, mais vers la gare, dont il franchissait les voies.

— Où allons-nous, Puche?

— Nulle part! Nous nous promenons...

Un feu de bois était allumé en plein air et une femme faisait cuire des poissons dans une poêle qu'elle tenait au-dessus des flammes. Elle était accroupie de telle sorte que Dupuche lui voyait les cuisses jusqu'au ventre.

— C'est sale, par ici, risqua Véronique.

— Tu trouves?

Et il passait exprès près des huttes. Les bazars, à cent mètres, étaient illuminés et restaient ouverts, car on attendait un bateau à neuf heures et on annonçait quatre cents passagers.

— Tu m'en veux, Puche?

— Pourquoi?

— Ta femme est plus belle que moi! Et elle est blanche...

— C'est ça, ironisa-t-il. Christian est blanc aussi, si bien qu'ils feront la paire...

— Tu es triste?

— Moi? Je voudrais bien savoir pourquoi je serais triste...

Oui, pourquoi? Il s'assit dans le sable, au bord de la mer dont le dernier ourlet venait lécher ses pieds. L'obscurité n'était pas encore complète, mais les navires en rade avaient allumé leurs feux.

Véronique se tenait coite, n'osant pas troubler son silence, n'osant même pas se tourner vers lui pour interroger son visage. Deux pêcheurs s'en allaient dans une pirogue et remuaient à peine l'eau en pagayant. Des avions qui surveillaient la zone survolaient la ville et le port, braquaient leurs projecteurs dans le noir du ciel.

— Puche!

Il ne bronchait pas. On aurait pu croire qu'il dormait.

— Sais-tu ce que je pense? Il vaudrait peut-être mieux que tu ailles retrouver ta femme...

Il ne bougeait toujours pas et elle ne voyait que la mer grise devant elle avec, au-dessus, une seule planète qui brillait, comme en suspens.

— Elle ne demande qu'à revenir avec toi...

Il s'étendit sur le dos, le visage tourné vers le ciel. Et Véronique ne savait plus que dire. Elle avait peur, comme Germaine avait peur.

— Puche...

— Couche-toi, soupira-t-il.

Elle obéit et ils furent étendus l'un près de l'autre dans le sable mêlé de terre qui avait gardé un peu de la chaleur du soleil, tandis que l'ourlet atteignait leurs pieds.

Des étoiles naissaient sans bruit, et une sirène, au loin, appelait le bateau-pilote. L'équipe de Dupuche n'était pas de service. Le bateau, qui arrivait de Rio-de-Janeiro, effectuait le tour de l'Amérique du Sud avec des touristes. Dans une heure, l'*Atlantic* et le *Moulin Rouge* seraient pleins à craquer.

Tous les taxis, tous les fiacres attendaient en rang devant la gare maritime cependant que le feu devant les huttes se mourait en crépitant et répandait une chaude odeur de bois brûlé...

— On est bien... murmura Dupuche, en avançant une main qui rencontra le corps de Véronique.

Elle n'osait rien dire. Elle était triste. Elle avait du sable dans ses souliers et cela la gênait, car elle n'avait pas mis de bas.

— Ça fait encore sept mois... prononça-t-il quelques instants plus tard.

Les Christian seront mariés, sans doute. Car c'est ainsi qu'il les appelait déjà! Il se souvenait que sa femme lui avait dit quand ils étaient partis pour l'Amérique du Sud :

— Il vaudrait mieux que nous n'ayons pas d'enfant tout de suite, que nous prenions le temps de nous installer...

S'installer où? Au fait, elle s'était installée, elle, dès les premiers jours, chez les Colombani.

C'était très bien. C'était parfait. Dupuche sentait le corps de Véronique sous sa main.

— Nous ne rentrons pas? demanda-t-elle.

— Si tu veux.

Il n'était pas contrariant. Au surplus, il avait mal à la tête. Il se leva, secoua le sable qui s'était glissé dans ses vêtements tandis que Nique retirait ses souliers pour les vider. Ils traversèrent le terrain vague, passèrent près des huttes envahies par l'obscurité et par le silence et Dupuche faillit buter contre une petite fille qui dormait sous un vieux chiffon.

— Donne-moi le bras, dit-il à Véronique.

Ils marchèrent plus vite devant les bazars et ne se sentirent rassurés que dans le quartier nègre qui commençait à s'endormir. Sur quelques seuils, pourtant, brillait le point rouge d'une cigarette : quelqu'un qui ne se décidait pas à se coucher et qui prenait le frais, renversé sur sa chaise.

— Rentre toujours...

Il devina ses yeux pleins d'inquiétude, ajouta :

— N'aie pas peur... Je vais revenir...

Elle obéissait et lui, quand elle eut disparu, courut plutôt qu'il ne marcha jusque chez Marco. Il n'y avait personne. Marco allait éteindre la lumière.

— Donne-moi un verre...

Puis un autre. Ses genoux commençaient à trembler. Il souriait.

— Je paierai demain...

— Entendu, monsieur Dupuche.

Il marchait de nouveau le long des maisons de bois. Il pensait à sa façon. Il ricanait. Il esquissait des grimaces.

Il eut même presque envie d'aller dire bonjour chez Jef, pour lui montrer qu'il s'en foutait.

Le matin, il avait reçu une lettre de sa mère et il ne l'avait pas encore ouverte. Elle devait, comme toujours, lui parler de ses tantes, des voisines, d'une vieille qui était morte, d'une autre qui était malade ou qui était devenue veuve. Et sa mère de se lamenter !

Lui avait compris. Par exemple, Véronique avait seize ans. Elle avait fait l'amour comme un petit animal et elle allait avoir un enfant.

Eh bien ! après ce serait fini ! Elle deviendrait grosse comme sa mère.

Combien de temps avait-elle eu de bon ? Trois ans, quatre ans ? pas même !

Et il n'avait qu'à lire une lettre de la mère Dupuche pour se rendre compte que c'était partout la même chose. M. Velden, un Belge qui habitait en face de chez lui et qui possédait une auto, était atteint d'un cancer à l'estomac. Il avait deux bébés, d'un an et de quatre ans !

Et les Janin ! On avait tout vendu chez eux ! C'étaient les plus riches du quartier. Ils avaient fait construire une maison de cinq cent mille francs, avec une loggia en pierre de taille. Maintenant, Janin cherchait à Paris une place de n'importe quoi !

Dupuche écoutait ses pas. Il avait la tête lourde. Parfois il passait près d'un couple qui chuchotait dans une encoignure. Comme lui et Germaine, à Amiens, quand ils étaient fiancés et que, pour se vanter, pour s'illusionner, il lui disait par avance :

— Ma femme !

Des baisers qui sentaient l'hiver et la salive.

Elle rentrait chez elle en courant et se retournait au moment d'ouvrir la porte.

C'était bien possible qu'il n'y eût rien entre elle et Christian, car c'était assez son genre. Rien que des regards, des promesses de bonheur!

Et les deux Tsé-Tsé qui couvraient l'idylle de leur protection attendrie, car ils avaient enfin trouvé une femme pour faire marcher l'affaire à leur place!

Seulement si, une fois mariée, elle ne voulait plus rester derrière la caisse? Si elle s'avisait de profiter des millions pour vivre en Europe? Ha! ha!

Il avait vraiment mal à la tête. Il aurait mieux fait de pleurer tout à l'heure, pour se soulager.

Il faillit retourner chez Marco, mais il pensa que la porte serait fermée et qu'il faudrait faire du bruit. Sans compter que Véronique devait être affolée, torturée par l'inquiétude. C'était émouvant, gamine comme elle l'était, d'avoir un enfant; un petit négrillon, sans doute! Avec de grands yeux dans une face café au lait! Qui se roulerait par terre comme un chiot!...

— Puche!...

On l'appelait. C'était la voix de Véronique. Elle était là dans l'obscurité, au coin de la rue, avec quelqu'un vêtu de blanc, un homme qu'il ne reconnaissait pas de loin.

— C'est moi, Dupuche...

La voix de Monti, l'aîné, qui était le plus sympathique.

— Je suis venu pour te parler... Nique m'a dit que tu allais rentrer.

— Tu montes?

— J'aimerais mieux causer en marchant...

— Je dois rentrer, Puche? demanda Véronique.

Elle le savait d'avance.

— Oui... Couche-toi toujours...

Et, quand elle eut disparu, Monti l'aîné lui mit la main sur l'épaule, en insistant pour souligner son affection.

— Il faut que je te parle sérieusement... Tout à l'heure, ta femme est arrivée toute retournée... Qu'est-ce que tu lui as dit?

Machinalement, ils se dirigeaient vers la plage bordée de cocotiers tandis que les taxis du port, bourrés de touristes, commençaient à déferler sur la ville.

X

Tout doucement, phrase après phrase, avec des silences, en marchant à pas lents, Eugène Monti disait :

— Réfléchis bien... Je viens de la voir, ta femme... Je suis l'ami de Christian, mais c'est mon devoir de te dire que, si tu voulais...

Ils avançaient dans une cathédrale d'obscurité et de silence où les colonnes étaient des cocotiers. Leurs pas ne faisaient aucun bruit dans l'herbe et parfois ils frôlaient sans les voir des formes immobiles, devinaient un souffle vivant comme on devine l'ombre d'une vieille près d'un confessionnal.

— Je ne prétends pas qu'elle t'aime encore, mais elle resterait avec toi plutôt que...

Plutôt que voir Dupuche se tuer, par exemple ! Et même pour moins que cela, c'était vrai ! Il lui suffirait d'exiger, de lui rappeler qu'il était son mari.

— Je crois que dans ce cas-là, Tsé-Tsé, pour

éviter des complications, vous aiderait tous les deux à rentrer en Europe...

Ils n'étaient qu'à quelques mètres de la mer et ils ne l'entendaient même pas.

— Que décides-tu?

— Qu'elle épouse Christian, articula-t-il.

Il commençait à entrevoir la vérité, ou ce qu'il croyait être la vérité. On avait peur de lui. On craignait un scandale. On lui envoyait Monti pour le sonder. Les autres attendaient, chez Jef, de savoir ce qu'il allait faire.

— Et toi, tu continueras?

— Je continuerai quoi?

— La *chicha!* Tiens, je veux te raconter une histoire, qui t'empêchera peut-être d'aller trop loin et qui te montrera que les Colombani ne sont pas ce que tu crois... Tu as vu M. Philippe... Quand il avait encore sa situation et sa fortune, il est allé en Europe comme il le faisait tous les ans et il a rencontré une jeune femme qu'il a épousée... Il l'a ramenée ici... Il a fait construire la plus belle villa du quartier de l'Exposition...

Dupuche tendait l'oreille, méfiant.

— Sa femme est morte après six mois, d'une fièvre typhoïde et, de ce jour-là, M. Philippe a été perdu, car il s'est considéré comme la cause de la mort de sa femme... On a eu beau lui dire qu'en Europe elle aurait pu attraper la typhoïde aussi... Il s'est mis à la *chicha*... Il a quitté son poste à la *French Line* et il a placé son argent si follement qu'après trois ans il n'avait plus rien. Eh bien! Tsé-Tsé l'a recueilli, uniquement parce qu'autrefois il lui avait rendu un petit service. Il lui a donné le titre de gérant de l'hôtel, pour ne pas blesser sa susceptibilité. Il fait même semblant de ne pas voir que M. Philippe boit la *chicha*.

Il ne pouvait pas savoir que Dupuche affichait un mince sourire. Car, maintenant, il se sentait des affinités avec ce M. Philippe qu'il détestait au début. Il le comprenait. Il savait pourquoi il avait toujours cet air lointain, pourquoi, sous prétexte de sieste, il passait la plus grande partie du jour dans sa chambre.

Et surtout pourquoi il était indifférent à tout! *Il vivait en lui-même!* Il se suffisait et, quand il tendait une main si molle, c'est parce qu'il dédaignait d'entrer dans la vie de tout le monde.

Peut-être qu'il méprisait Tsé-Tsé! C'était possible. Tout comme à l'instant, Dupuche aurait été capable de quitter Eugène sans seulement lui dire au revoir.

Qu'est-ce que ces gens avaient à vouloir à toute force manifester leur pitié? Germaine avait été toute retournée, comme disait Monti? Il n'y avait vraiment pas de quoi!

— Si tu tiens à rester avec Véronique, accepte au moins d'aller vivre ailleurs, en Argentine, par exemple, ou au Brésil, ou au Mexique.

— Et Tsé-Tsé payera, ajouta Dupuche d'une voix si neutre que Monti rougit.

Combien étaient-ils à travailler au bonheur de Christian? Cinq! Dix! Toute la tribu! Toute une tribu en alarme, alors que Dupuche n'en voulait à la tranquillité de personne.

— Je vais dormir, annonça-t-il.

Et il s'éloigna sans serrer la main d'Eugène dont il vit encore le complet blanc dans l'ombre des cocotiers.

Pourquoi ne se pressaient-ils pas davantage? Trois mois après on ne lui avait fait signer aucun des papiers nécessaires au divorce. Chaque soir, en rentrant, il demandait à Véronique :

— *Ils* ne sont pas venus?

Ils, c'était toute la bande, tout ce qui gravitait autour du futur couple. *Ils* ne venaient pas! *Ils* ne se montraient même pas à Colon où Dupuche apercevait de temps en temps Jef qui prenait un air méprisant, ou encore un des maquereaux qui ne lui disaient plus bonjour. Seule, Lili lui adressait un petit signe de tête, de loin.

Brusquement, un jour qu'il travaillait au déchargement d'un bateau de la *Grace Line,* il se sentit si faible qu'il eut juste le temps d'appeler un camarade et qu'on dut le porter à l'ombre, où il fut pris de vomissements et de coliques.

De l'infirmerie, on le transféra au poste de secours du port et le lendemain on l'emmenait au grand hôpital de Panama.

Il y eut des docteurs, des infirmières autour de lui. Il n'était qu'à demi conscient et dix fois il demanda si on avait prévenu Véronique, en oubliant de donner son adresse.

Son cas devait être très grave, car tout le monde était gentil avec lui et on marchait déjà sur la pointe des pieds.

Une typhoïde, comme la femme de M. Philippe? Plutôt un accident du foie, des coliques hépatiques, peut-être, car on lui faisait prendre des doses massives d'adrénaline.

Il dormait presque tout le temps. Il était très fatigué. Quand il s'éveillait il regardait les fines lignes de lumière que découpaient les persiennes et elles finissaient par former sur sa rétine des dessins amusants, qui ressemblaient à des personnages.

Un jour, il vit les deux frères Monti à son chevet. Ils avaient apporté une corbeille de fruits d'Europe, mais il lui était interdit d'en manger.

— Alors, mon pauvre vieux?

Il était si troublé, si flottant, qu'il prenait Eugène pour Fernand.

Le lendemain, à côté d'Eugène, c'était Germaine qu'il apercevait, qui tenait à la main son mouchoir roulé en boule. Elle resta longtemps assise à côté du lit, à le regarder.

— Tu souffres beaucoup, Jo?

Il fit signe que non et c'était vrai. Il ne souffrait presque pas, peut-être parce qu'on lui faisait deux piqûres par jour. C'était toujours cette fatigue, et ce sommeil et ces rêves flous.

Il se trompait peut-être, mais il crut une fois reconnaître Christian avec Germaine et chaque matin il y avait des fleurs fraîches sur la table de nuit. En réalité, il n'eut vraiment conscience de toutes ces choses que beaucoup plus tard quand, un matin, on l'aida à s'asseoir et qu'on lui tendit un miroir où il se vit squelettique, les joues envahies d'une barbe rousse.

— J'ai été très malade?

L'infirmière était une Américaine d'origine norvégienne, aux cheveux d'un blond argenté.

— On ne croyait pas vous sauver, avoua-t-elle.

Alors il vit les fleurs, les fruits.

— C'est ma femme qui a apporté tout cela?

— Ce sont vos amis, oui, et cette jeune femme qui est si jolie et si distinguée... Pendant vingt-quatre heures, vous avez été dans la salle commune. C'est cette dame qui a fait le nécessaire pour qu'on vous donne une chambre particulière...

— Ah! Oui?

Il avait la bouche pâteuse et il aurait voulu demander un verre de *chicha*. Déjà son regard devenait dur.

— Personne d'autre n'est venu me voir?

Elle parlait tout en rangeant des fioles et des linges.

— Une petite négresse passe ses journées dehors, à la grille, mais il est interdit de laisser entrer des gens de couleur. Ils ont leur section à part... Qu'est-ce que vous faites?

Et lui, très sérieusement, avec des efforts désespérés pour se lever :

— Je veux partir!

Il tomba par terre et elle appela une collègue pour l'aider à le hisser dans son lit.

— Vous allez être sage, maintenant?

Que non! C'était fini! Il la regardait déjà comme une ennemie; il la guettait comme pour profiter de sa moindre inattention.

— Je veux qu'on enlève les fleurs...

Elle obéit.

— Je veux retourner à la salle commune... Vous entendez?...

Il n'y aurait plus eu besoin de divorce, tout simplement! Il en étouffait d'émotion. Il vit l'infirmière qui s'approchait de lui et il dut s'évanouir.

— Tu as apporté les papiers?

Il était lucide, assis sur son lit, et on avait accepté de raser sa barbe.

— Quels papiers? balbutiait Germaine, qui prenait Monti à témoin de son innocence.

— Pour le divorce... Comme je ne crèverai pas cette fois-ci.

— Ne parle pas ainsi, Jo!

— Et si je veux, moi, signer les papiers?

— Tu as encore de la fièvre... Repose-toi...

— Je veux aussi qu'on laisse entrer Véronique...

— Je l'ai demandé la première, mais il paraît que c'est impossible. Même Tsé-Tsé n'a pu l'obtenir...

Tiens! Tiens! La bande au complet s'était donc occupée de lui, avait fait assaut de charité et il leur devait évidemment une reconnaissance éternelle!

— Je vais dormir...

Comme cela on était forcé de le laisser tranquille. Seule la Norvégienne restait là, à faire semblant de travailler, mais en réalité pour le garder, car on le considérait comme un agité.

— Vous lui avez dit?

— Oui...

Il s'agissait de faire dire à Véronique qu'il allait mieux et que dans deux jours il sortirait de l'hôpital.

— Vous avez bien précisé deux jours?

— Mais oui.

Et il devinait qu'elle mentait, car on voulait le garder plus longtemps. On lui avait même amené un nouveau médecin qui lui avait posé toutes sortes de questions et qui l'avait examiné pendant une heure.

— Qu'est-ce qu'il m'a encore trouvé, celui-là?

— Rien... vous allez mieux...

— Et je sortirai dans deux jours?

Alors son esprit travailla et il crut comprendre pourquoi on était si gentil avec lui. Est-ce qu'on ne s'imaginait pas qu'il était fou?

— Votre femme est dans le couloir. Promettez-moi de bien la recevoir.

— Je n'ai rien à lui dire.

— Vous allez encore la faire pleurer...

— Pourquoi? Elle a déjà pleuré?

— Presque à chaque visite... Voulez-vous que je vous dise? Vous êtes un méchant homme...

— Faites-la entrer...

Et, quand elle fut là :

— Écoute, Germaine, je veux bien que tu viennes encore une fois, mais avec les papiers...

Il en avait assez! A la fin, il se faisait l'impression d'être prisonnier! Tsé-Tsé payait, c'est entendu, car c'était lui qui devait payer sa chambre d'hôpital. Mais c'était un truc pour qu'il n'ait rien à dire.

— Voilà, Jo!... Si tu veux, dans trois semaines, nous retournerons en France, tous les deux... Le changement de climat te fera du bien...

— Non!

— Ta mère m'a écrit. Elle s'inquiète de ne pas recevoir de tes nouvelles...

Il se tourna de l'autre côté, si bien que Germaine n'eut qu'à partir.

— Écoutez, mademoiselle Elsa, si vous ne me laissez pas sortir dans deux jours, je casserai tout!

Il en fallut huit. Le directeur lui-même vint le voir et haussa les épaules. On lui rendit ses vêtements de travail, son grand chapeau de paille et ses lunettes à verres fumés.

Quand il franchit la grille, il vit l'auto des Monti qui stationnait un peu plus loin, avec Eugène au volant, mais en même temps il recevait Véronique dans les bras et derrière elle se tenaient la grosse maman Cosmos et même le papa Cosmos qui pleurait.

Il les embrassa exprès, car il savait qu'on l'observait des fenêtres de l'hôpital.

Il passa la nuit chez les Cosmos, près de Véronique qui était déjà très grosse. Puis il partit le matin avec elle et prit le train pour Colon, après avoir écrit à Germaine qu'il désirait que les formalités du divorce fussent faites le plus tôt possible.

Trois jours après, il recevait la visite d'un homme de loi qui apportait des papiers plein une serviette de cuir jaune.

Il était si mou qu'il parvint avec peine au port et qu'il n'insista pas quand on lui déclara :

— Vous ne pouvez pas travailler dans l'état où vous êtes. Reposez-vous d'abord.

Un petit Juif vint le trouver et lui conseilla de s'attaquer aux assurances, car le mal l'avait pris en cours de travail. Pendant quinze jours, derrière le Juif, il courut en tous sens, fit antichambre, fut reçu froidement, parfois avec un mépris affiché, et n'obtint qu'une aumône de cinquante dollars qu'il dut partager avec l'homme d'affaires.

Marco avait été arrêté pour avoir débité de la *chicha* et il fallait maintenant aller en boire au fond du quartier nègre, dans une cave où régnait une odeur d'égout.

Dupuche reçut encore des papiers au sujet du divorce et apprit un mois plus tard qu'il avait été prononcé à ses torts.

Il lui restait deux dollars. Véronique promenait comiquement un petit ventre gonflé qui semblait entraîner en avant son corps de gamine. Elle n'entretenait plus la chambre et il y avait toujours des assiettes sales et des verres gluants sur la table.

Quant à lui, comme ses souliers étaient usés, il se mit à porter des espadrilles, car il en avait acheté en France pour la traversée, croyant que cela se portait à bord.

Un soir qu'il passait près de chez Jef, celui-ci courut après lui et il eut peur, un instant, se demandant ce que le colosse lui voulait.

— Arrête, sacrebleu!

Il se plantait devant lui, méprisant, lui montrait son cou sans faux col.

— Tu es au bout de ton rouleau, hein?

Dupuche ne répondit pas.

— Ce que j'en fais, ce n'est pas pour toi, mais pour nous tous, les Français... Il y a une place de libre à la municipalité... Tu la veux?

— Une place de quoi?

— De n'importe quoi! Tu la prendras quand même, tu comprends? C'est toi qui l'as voulu. Au début, on était tous pour t'aider... Entre avec moi...

Il le poussa dans son café, où il y avait trois consommateurs à une table.

— Je vais te donner un mot pour le maire... Il cherche quelqu'un pour garder les prisonniers qui font le nettoyage des jardins publics... Tiens! bois un verre de bière...

Eh bien! Dupuche n'était pas humilié! L'autre était le plus fort. C'était une brute. Et après? N'empêche qu'il tournait toute la journée dans son café comme un ours en cage et qu'il s'embêtait. Tandis que lui ne s'embêtait jamais.

Il vivait en dedans, comme M. Philippe qu'il aurait voulu revoir, ne fût-ce que pour s'assurer que c'était la même chose. Il se suffisait. Il marchait dans la rue, mais en même temps il était ailleurs, il pensait, il arrangeait des tas d'idées et d'images dans sa tête.

— Tiens, voici la lettre... Demain à neuf heures... Fais-toi propre...

— Merci.

— Il n'y a pas de quoi.

Et c'était un soir qu'il revenait du jardin public que l'événement avait eu lieu. On ne l'avait pas prévenu. Il était parti le matin comme d'habitude, emportant son casse-croûte dans un morceau de toile cirée.

Son domaine, c'était justement la cathédrale de silence qu'il avait parcourue avec Monti qui disait :

— Elle est prête à retourner en France avec toi...

La mer venait mourir ou se briser sur le sable, selon le vent. Il y avait des allées avec des bancs, des massifs de fleurs rouges et jaunes. Une partie du jardin, réservée aux enfants des écoles, aux petits négrillons, était encombrée d'escarpolettes et de toboggans.

Plus loin se dressait le *Washington Hotel*, avec son parc, ses clients et ses clientes en blanc.

Dupuche allait chercher, six, dix, douze prisonniers selon le jour. Ils étaient vêtus comme tout le monde. C'étaient des nègres ou des métis qui marchaient devant lui avec des balais et des pelles.

Passant de l'ombre au soleil, ils ramassaient les bouts de papier, les peaux de bananes, les noix de coco tombées, ou encore ils ratissaient sans conviction.

A gauche, invisibles, se tassaient derrière la gare les trois ou quatre huttes de pêcheurs et parfois Dupuche allait jusque-là, car il savait que ses prisonniers n'avaient pas envie de s'échapper. D'ailleurs, qu'est-ce qu'il aurait pu faire? Il n'était même pas armé.

Il s'asseyait sur un banc, regardait jouer les enfants.

Sa mère lui avait écrit une lettre épouvantable, parce qu'elle allait mourir sans le revoir et ses tantes, qui étaient auprès d'elle, avaient chacune ajouté un petit mot dur à l'égard du fils indigne.

Ce soir-là, il avait deviné qu'il se passait quelque chose en entendant les bruits de la maison. Il avait monté l'escalier en courant et avait trouvé la chambre pleine de matrones qu'il ne connaissait pas. La maman Cosmos était là aussi et c'est elle qui marcha vers lui en brandissant un petit être aux jambes molles, un petit corps brun qu'il garda dans ses bras.

Sur la table, il y avait des gâteaux près des serviettes et des linges. Il y avait même une bouteille de vin rouge et des petits verres.

Quant à Véronique, couchée sur le côté, elle regardait d'un œil, anxieuse de savoir ce qu'il allait dire.

Qu'est-ce qu'il aurait pu dire? Il était content, voilà tout. C'était un beau petit, à la peau lisse comme sa mère. Les matrones l'observaient, respectueuses et attendries, et lui ne savait où mettre le bébé qu'il posa dans le lit près de Nique.

— Tu es heureux, Puche?

— Mais oui! Mais oui!

Il ajouta, après réflexion :

— La semaine prochaine, nous nous marierons.

C'eût été ridicule tant qu'elle était enceinte. Mais il y pensait depuis l'hôpital, où elle n'avait jamais été admise. Il valait mieux faire les choses régulièrement.

Les négresses le contemplaient avec ravissement. La maman Cosmos lui tendait un verre de vin.

Et il faillit pleurer en le buvant. Il avait la gorge serrée. Il pensait à trop de choses à la fois, à sa mère qui allait mourir, qui était peut-être déjà morte dans sa chambre, entourée des tantes qui ressemblaient aux matrones; à l'enterrement qui suivrait le même chemin que l'enterrement de son père, quand lui, Jo, avait quinze ans et voulait jeter toutes les fleurs dans la fosse; à un jour qu'il était petit et que, par la fenêtre, il voyait des maçons sur le mur d'une maison en construction; à...

Pas à Germaine. Non! Il n'y pensait pas. Il ne lisait même pas les journaux pour savoir quand elle se marierait avec Christian et quand ils partiraient faire leur voyage de noces en Europe.

Il pleurait, voilà! Il avait eu beau se retenir, deux larmes avaient franchi la grille des paupières et il ne savait où regarder.

— Puche!... appela Véronique du fond du lit.

Il lui sourit de loin. Ce n'était pas cela. Elle ne pouvait pas comprendre. Il pleurait pour des raisons à lui. Il était heureux pour des raisons à lui, qu'il n'aurait pu confier à personne, sinon, peut-être, à M. Philippe...

— Puche!... Mama veut l'appeler Napoléon...

Et la mama était toute fière de cette trouvaille.

— Pourquoi pas? murmura-t-il en se servant un second verre de vin rouge.

Allons! C'était très bien! Il était temps d'aller faire un tour dans la cave où, assis sur une caisse à whisky, il boirait ses trois, ses quatre, peut-être ses cinq verres de *chicha*, car c'était un jour exceptionnel, c'était un jour magnifique et il fallait en jouir pleinement, dans la solitude de son esprit, dans la bienheureuse lassitude de son corps.

212

Dupuche est mort, dix ans plus tard, d'une hématurie aiguë, après avoir réalisé son ambition : habiter une hutte au bord de l'eau, derrière le chemin de fer, parmi les herbes folles et les détritus. Il avait alors six enfants, dont trois très noirs de peau, deux métis, et un, le plus jeune, presque blanc, à peine teinté de violet aux ongles.

Véronique Dupuche menait le deuil, vêtue de noir, flanquée de sa *mama,* car le papa Cosmos était mort aussi.

Germaine et Christian étaient venus exprès de Panama et suivaient, dans un taxi.

C'est Monti, l'aîné, qui remit à Véronique une enveloppe avec cinquante dollars dedans.

Pendant le service, Jef et les maquereaux allèrent faire une belote et Lili se leva juste à temps pour assister à l'absoute.

Le soir même, le petit Juif qui s'était déjà occupé de Dupuche, annonçait à Véronique qu'elle héritait d'une maison à un étage, balcon et soubassement en pierre de taille dans un faubourg d'Amiens, en France.

COLLECTION FOLIO

2928.	Mario Vargas Llosa	*Le poisson dans l'eau.*
2929.	Arthur de Gobineau	*Les Pléiades.*
2930.	Alex Abella	*Le Massacre des Saints.*
2932.	Thomas Bernhard	*Oui.*
2933.	Gérard Macé	*Le dernier des Égyptiens.*
2934.	Andreï Makine	*Le testament français.*
2935.	N. Scott Momaday	*Le Chemin de la Montagne de Pluie.*
2936.	Maurice Rheims	*Les forêts d'argent.*
2937.	Philip Roth	*Opération Shylock.*
2938.	Philippe Sollers	*Le Cavalier du Louvre. Vivant Denon.*
2939.	Giovanni Verga	*Les Malavoglia.*
2941.	Christophe Bourdin	*Le fil.*
2942.	Guy de Maupassant	*Yvette.*
2943.	Simone de Beauvoir	*L'Amérique au jour le jour, 1947.*
2944.	Victor Hugo	*Choses vues, 1830-1848.*
2945.	Victor Hugo	*Choses vues, 1849-1885.*
2946.	Carlos Fuentes	*L'oranger.*
2947.	Roger Grenier	*Regardez la neige qui tombe.*
2948.	Charles Juliet	*Lambeaux.*
2949.	J.M.G. Le Clézio	*Voyage à Rodrigues.*
2950.	Pierre Magnan	*La Folie Forcalquier.*
2951.	Amoz Oz	*Toucher l'eau, toucher le vent.*
2952.	Jean-Marie Rouart	*Morny, un voluptueux au pouvoir.*
2953.	Pierre Salinger	*De mémoire.*
2954.	Shi Nai-an	*Au bord de l'eau I.*
2955.	Shi Nai-an	*Au bord de l'eau II.*
2956.	Marivaux	*La Vie de Marianne.*
2957.	Kent Anderson	*Sympathy for the Devil.*
2958.	André Malraux	*Espoir — Sierra de Teruel.*
2959.	Christian Bobin	*La folle allure.*
2960.	Nicolas Bréhal	*Le parfait amour.*
2961.	Serge Brussolo	*Hurlemort.*
2962.	Hervé Guibert	*La piqûre d'amour* et autres textes.
2963.	Ernest Hemingway	*Le chaud et le froid.*
2964.	James Joyce	*Finnegans Wake.*
2965.	Gilbert Sinoué	*Le Livre de saphir.*

Impression Bussière Camedan Imprimeries
à Saint-Amand (Cher),
le 5 novembre 1997.
Dépôt légal : novembre 1997.
1ᵉʳ dépôt légal dans la collection : septembre 1976.
Numéro d'imprimeur : 1/2798.
ISBN 2-07-036737-1./Imprimé en France.

84639